Peter Natter · Ibeles Feuer

PETER NATTER

Ibeles Feuer

Eine Geschichte vom Erben

BUCHER

Bibliografische Information der Deutschen Nationalbibliothek:
Die Deutsche Nationalbibliothek verzeichnet diese Publikation
in der Deutschen Nationalbibliografie; detaillierte bibliografische
Daten sind im Internet über http://dnb.d-nb.de abrufbar.

1. Auflage 2011

www.bucherverlag.com

Umschlaggestaltung Günter Bucher
Satz Dietmar Waibel
Druck BUCHER DruckVerlag Netzwerk

Printed in Austria

ISBN 978-3-99018-044-0

Mihi ipsi scripsi.
FRIEDRICH WILHELM NIETZSCHE

Das Bewußtsein zu brennen bedeutet schon Abkühlung.
GASTON BACHELARD

Diskret ist die Kunst.
Aufdringlich ist der Kitsch.

Dieses Buch widme ich Reiner Speck, dem großen Proustianer und Förderer der deutschsprachigen Proust-Rezeption. Ihm verdanke ich wesentliche Erfahrungen tout autour de Proust, nicht zuletzt als Leser meiner selbst.

Funkensonntag, 13. März 2011

Danach, wenn es erloschen ist,
Wenn der Hügel kalt ist, / Kommen die Gaffer.
JEAN TORTEL

Hexenwahn und Feuerzauber

Lange Zeit ist immer alles gut gegangen. Kaum wird im November mit einem Mords-Trari-Trara der Fasching eingeläutet, machen sich die Männer an die Arbeit. Monate hindurch sammeln die Mitglieder der Funkenzunft brennbares Material: Holzpaletten, Harrasse, Kisten, ausrangierte Christbäume, Abrissholz. Sie stapeln es sorgsam in einem Schuppen auf dem Bauhof des Funkenmeisters. Seit Tagen beschäftigen sie sich damit, den Krempel zu ordnen, herzurichten, zu vervollständigen, letzte Fuhren Brennholz heranzukarren und mit Hilfe von LKW-Kränen und Traktoren den turmartigen Funken aufzubauen. In der letzten Nacht vor dem Abbrennen wachen sie, angetrieben von reichlich Schnaps und Bier, über den Scheiterhaufen, während auf der Wiese daneben ein kleiner Jahrmarkt aus provisorischen Buden und primitiven Tischen und Bänken errichtet wird. Seit wenigen Minuten endlich tanzen ein paar auserwählte Oberzünftler mit langen, brennenden Fackeln um das Brandwerk herum. Es sind selbstverständlich lauter Männer, wackere Kerle, das Beste, was das Oberdorf zu bieten hat, die Crème de la Crème von Zunft, Freiwilliger Feuerwehr, Faschingsgilde, Bürgermusik und Pfarrgemeinde.

Der so genannte Kieskurvenfunken im Dornbirner Oberdorf ist einer der bekanntesten im Land. Das verdankt er nicht zuletzt seiner exponierten Lage auf einer Anhöhe über der Stadt. Von fast überall im Tal ist er bestens zu sehen. Selbst im Schweizerischen jenseits des Rheins hat er viele Bewunderer. Somit ist er natürlich immer mitten drin im jährlichen Wettbewerb um den allerhöchsten Scheiterhaufen, um die schreckenerregendste und am spektakulärsten explodierende Funkenhexe. Dass der Festrummel rund um das makabre Schauspiel Jahr für Jahr größer werden muss, versteht sich von selbst. Leider ist der Platz zwischen der Straße und den steilen Hängen allzu begrenzt, sonst wüsste man schon, wie man mit dem alten Brauch die Kassen ordentlich zum Klingeln bringen könnte!

Ganz oben auf dem Scheiterhaufen thront wie jedes Jahr die lebensgroße Funkenhexe. Sie stellt nach alter Überlieferung den Winter dar. Ihn gilt es heute, am ersten Sonntag der Fastenzeit, auszutreiben. Warum der Winter eine Hexe sein muss, ist auch den Oberbrauchtümlern nicht wirklich bewusst. Aber wenn es nur laut und besoffen genug zugeht, erspart man sich das Nachdenken, das ist die Hauptsache. Was die nach allen Regeln der Kunst hergerichtete Hexe für die Männer, die grölend um das gut fünfzehn Meter hohe, kunstvoll aufgeschichtete Brandwerk herumwirbeln, außer dem Winter noch verkörpert, sei hier nicht unser Thema. Das traurige Kapitel der mittelalterlichen und neuzeitlichen Hexenverbrennungen ist zwar längst abgeschlossen, allerdings nur in den Theorien der Historiker. Hier und heute wirkt noch vieles und lebt vieles wieder auf, das eigentlich schon längst überwunden geglaubt war! Es ist nämlich eine große Unaufrichtigkeit um das Gerede vom Zeitgemäßen und Modernen. Handelt es sich doch bei seiner Beschwörung meist um nichts anderes als Faulheit im Geiste. So lebt in mancherlei auf das Billigste aktualisierter Gestalt lediglich uralter Aberglaube fort!

Kurz nach Einbruch der Dunkelheit treten die auserwählten Zunftmitglieder mit den brennenden Fackeln an den mächtigen Holzstoß heran und entzünden ihn unter den martialischen Klängen der Blasmusikkapelle. Morgen früh werden sie wieder brav in Büros und Werkstätten ihren mehr oder weniger biederen Dienst antreten. Hier heroben jedoch sind sie die großen Herren, mit ihren eigenen Ritualen, ihrer eigenen Ordnung, ihren eigenen Gesetzen. Gierig springt das Feuer von den Fackeln auf den strohdürren Funken über. Für wenige Augenblicke setzt sich im enger und enger um den Funken gezogenen Ring der vielen Schaulustigen so etwas wie Ehrfurcht oder Andacht durch. Bald aber zerreißt eine Reihe von *Ahs* und *Ohs* die kurze Stille. Das Geschrei vor Angst und Entsetzen plärrender Kinder macht sich breit. Schon wenige Sekunden später prasseln die Flammen meterhoch gen Himmel. Riesige Funkenbälle zerstieben in alle Richtungen. Das trockene Zeug brennt lichterloh. Wildes Gebrülle und übermütige, an die Hexe adressierte Rufe begleiten das Knistern und Knallen des gespenstischen Feuers. »Herunter mit der Hexe!«, »Brenn, du Luder!«, »Dass dich der Teufel hol'!« und ähnliches dringt aus bestens geölten Kehlen. Die vom Alkohol diktierten Parolen geben ganz nebenbei so manchen Hinweis darauf, wes Ungeistes Kind die Menge noch immer ist, immer war und immer sein wird.

Rund um den flackernden Holzstoß nimmt das Volksfest seinen Lauf. Bier, Schnaps und Glühwein werden ausgeschenkt. Zunehmend aufgedrehte Verkäuferinnen reichen Becher, Gebäck und Bratwürste über die Tische. Nicht minder ausgelassen und närrisch nimmt das Publikum das eine so gierig und lüstern wie das andere in Augenschein. Das kalte trockene Wetter gibt den Blick frei bis weit hinunter ins Rheintal. Überall in den Dörfern leuchten zur Stunde die Funken auf: Schwarzach, Wolfurt, Hohenems, Lustenau, Hard. In manchen Gemeinden sind es gleich mehrere. Jeder hat seinen Winter auszutreiben. Jeder hat seine eigene Dunkelheit, die er nur allzu gerne mit ein wenig Feuerzauber und Fusel vertreiben möchte. Mit reichlich Alkohol und einer kurzlebigen Ekstase lässt sich das Vergessen wahrhaft preiswert erkaufen. Es herrscht eine Stimmung, wie sie kein anderes Fest im Jahreskreis aufweist. Ob es nun in den Köpfen präsent ist heute Abend oder nicht: Die letzten echten Hexenverbrennungen sind hierzulande noch nicht so lange her. Vieles von der Grausamkeit, Barbarei und Obszönität, von der Gewalttätigkeit der historischen Hexenverfolgung schwingt mit.

Unaufhaltsam treibt das Fest seinem makabren Höhepunkt zu. Die Flammen züngeln orangerot in den schwarzen Nachthimmel und lecken bereits an den Röcken der Hexe. Glutbälle fahren wie Kometen fauchend aus dem Funken. Das Prasseln übertönt alles Lärmen und die Schlagermusik aus den riesigen Lautsprechern. Keine zehn Minuten sind vergangen seit dem Anzünden. Gebannt verfolgen die Zuschauer das Spektakel. Im Moment geht es hier um nichts anderes als dieses Feuer, dessen Kraft und Furor die Menschen völlig verzaubern. Seit Jahrhunderten, seit Jahrtausenden ist das so. Da geschieht, in der allgemeinen Ausgelassenheit und Faszination zuerst von niemandem bemerkt, das Unfassbare. In einer kaum wahrnehmbaren Bewegung beginnt sich der glühende Feuerturm langsam zu neigen. Womit erst recht keiner gerechnet hat: Er neigt sich der Bergseite zu. Dorthin, wo Jung und Alt besonders dicht um ihn gedrängt stehen. Dann plötzlich geht es rasend schnell. Mitten in die panisch aufschreienden und chaotisch kreuz und quer auseinanderstiebenden Menschen hinein birst der Funken. Sich aufbäumend, qualmend, fauchend und Feuer speiend bricht er in sich zusammen, als wär's ein tödlich getroffenes Ungeheuer. Es ist ein Wunder, dass es keine Toten und nicht einmal nennenswert Verletzte gibt.

Keine Toten, außer einem.

Die Hexe wird in hohem Bogen von ihrem Juche herabgeschleudert. Mit einem eigenartig dumpfen Knall kommt sie auf der asphaltierten Straße zu liegen. Ihre versengten Kleider rauchen, der spitze Hut liegt ein paar Meter weiter und beginnt eben zu brennen. Gleich wird sie in die Luft gehen. Sofort sind die ersten Zünftler zur Stelle. Die Hexe muss ja gerettet und – wie es der Brauch verlangt – am kommenden Sonntag feierlich beerdigt werden. Diesen Spaß will man sich ob des damit einhergehenden Festes nicht entgehen lassen. Als die Männer mit nassen Tüchern auf die glimmende Hexe einschlagen und sie packen, um sie wegzuschleifen, geht ihre grölende Geschäftigkeit blitzschnell in schieres Grauen über.

»Hände weg!«, schreit Funkenmeister Häfele, der dem Hexenkopf am nächsten steht, außer sich und verscheucht seine Kumpane mit Tritten und Hieben. So hysterisch hat ihn noch niemand gesehen.

Es ist sein fünfundzwanzigster Funken, der erste, der nicht hält und die zweite Hexe, die nicht wie es sich gehört in den Flammen verbrennt. »Hände weg, ihr Vollidioten!«, brüllt er wie ein auf den Tod gereizter Stier in den unbeschreiblichen Tumult hinein, »und ein Telefon her, aber dalli-dalli! Ein Telefon, verflucht nochmal!«

Licht wird alles, was ich fasse,
Kohle alles, was ich lasse,
Flamme bin ich sicherlich.
FRIEDRICH WILHELM NIETZSCHE

Help! I need somebody

Rosalia, genannt Rösle, Inspektor Isidor Ibeles Ehefrau, betritt stolz lächelnd, empfangen von bewundernden Ausrufen, das behagliche Esszimmer. Vor sich her trägt sie eine große silberne Platte. Darauf häuft sich goldgelbes Backwerk: die Funkenküchle. Das ist der traditionelle jährliche Funkensonntagabendschmaus im Haus Ibele. Genauer: sein krönender Abschluss nach einem reichhaltigen, aus Gerstensuppe, Schweinsbraten, Kesselfleisch, Knödeln und Sauerkraut bestehenden Mahl. Die private, familiäre Funkenfeier – selbstverständlich ohne Hexe – hat eine lange Tradition in der Familie Ibele. Tief ist sie im bäuerlichen Milieu mit seinem naturnahen und an den Jahreszeiten orientierten, gleichwohl aber der Aufklärung verpflichteten Denken verwurzelt. Folglich hat man mit Hexen, Scheiterhaufen und ähnlichem Brimborium nichts am Hut, noch weniger mit einem längst überholten, in seiner Einseitigkeit meist gröblichst vereinfachenden Frauenbild. So versteht sich Rosalias Koch-Leidenschaft, das sei ihren gestrengen Kritikerinnen ins Stammbuch geschrieben, nicht als Indiz einer biederen Hausfrauen-Existenz, wie man bei oberflächlicher Betrachtung vermuten möchte. Rösles Leidenschaft ist vielmehr ein Hinweis auf ihr über viele Generationen hinweg quasi säkularisiertes, intellektualisiertes Dasein. Harmonisch werden Geist, Sinne und Seele zur Einheit gebracht. Genuss und Kunst, Arbeit und Spiel sind eines. In dem Moment, da die ersten Gäste nach dem begehrten Gebäck greifen, ertönt ein Folgetonhorn – scheinbar genau unter dem großen, massivhölzernen Tisch. Was ist das? Ein auf der Strecke gebliebener Faschingsscherz? Nein, es ist das Mobiltelefon des Hausherrn. Kaum ist der Inspektor mit dem Apparat diskret in sein Arbeitskabinett ausgewichen, brandet das Gespräch der kleinen Gesellschaft erneut auf. Unbekümmert macht man sich über die Küchlein her.

Wenige Minuten später ist Ibele wieder zurück. Er trägt jetzt nicht mehr seine gestrickte Hausjacke, sondern ein recht modisches knappes Mäntelchen, die Füße stecken in auf Hochglanz polierten Schuhen, in der Hand hält er seine karierte englische Schirmmütze.

»Gottverdammte Funkerei!«, knurrt er als Antwort auf das vielstimmige »Hoppla!«, »Hoi!« und »Was ist passiert?« in die Runde und schickt noch ein kräftiges »Heilandsack« hinterher. Letzteres trägt ihm einen tadelnden Blick seiner Frau ein. Hat sie ihm doch als Fastenübung eine Fluchabstinenz auferlegt. Denn das Fluchen ist bekanntlich eine Schwäche von Inspektor Isidor Ibele. Allerdings, auch das weiß man, es ist kein Indiz schlechter Laune, da gibt es anderes. Achselzuckend und knapp informiert er die Tischgesellschaft:

»Ich muss gleich ausrücken, in Dornbirn hat's offenbar ein ärgeres Malheur gegeben.« Er angelt sich zwei, drei heiße Funkenküchlein von der Platte und balanciert sie in der freien Hand. Innig küsst er seine Frau, was die alte Hutterer-Freundin mit einem scheelen Blick auf ihren kümmerlichen Gatten zur Kenntnis nimmt. Ibele winkt den Gästen bedauernd zu und ist weg.

Durch die noch junge, frostige und somit, wie es in der Sprache der Wetterredaktionen heißt: »für die Jahreszeit viel zu kalte«, Nacht fährt Ibele dem gut zehn Kilometer entfernten Dornbirn zu. Der Inspektor ist ein betulicher Autofahrer, ein echter Gleiter, kein Vollgastyp, nicht einmal wenn's pressiert, was jetzt aber eh nicht der Fall ist.

Tot ist tot, wenigstens für ziemlich lange Zeit. Der kürzeste Weg ist selten Ibeles Ziel. Geschwindigkeit ist für ihn ein absolut relativer Begriff und sicher nichts, was irgendwie einen eigenständigen Wert verkörpern könnte. Nur einmal kam er nicht drum herum, das Gaspedal voll durchzudrücken. Ein einziges Mal vor bald fünfunddreißig Jahren im voll besetzten VW-Variant. Da hat er den 45 Pferdestärken die Sporen gegeben, als gälte es das Leben. Galt es auch. Aber das ist eindeutig eine andere Geschichte.

In Dornbirn-Süd verlässt Isidor die Autobahn und fährt dann direkt auf das Oberdorf zu. Was sich an dieser Stelle weitaus eindringlicher in sein Denken und Empfinden drängt als das ominöse Funkenunglück, ist die Hintere Achmühle. Das ist eine heute noch – die Betonung liegt allerdings auf dem *noch* – überwiegend bäuerliche Straße im Dornbirner Hatlerdorf. Dort hat er als kleiner Bub, wenn seine Eltern ihre obligaten Ferienreisen absolvierten, einige Jahre hindurch unvergessliche Urlaubswochen verbracht. Der kleine Sommerfrischler war dann jeweils bei einer älteren Schwester seiner Mutter, der verwitweten Hilda, zu Gast. Dort hat er weit mehr für seine Entwicklung und sein Leben mitbekommen als später in vielen Lehr- und Wanderjahren. Mehr Erfahrung und mehr Wissen, mehr Ahnung und mehr Achtung, vor allem mehr, viel mehr Liebe. Da steht schon das Haus der Tante. Ein altes, großes Rheintal-Bauernhaus mit schönem Garten, Gemüsebeeten, Quitten- und Zwetschkenbäumen. Ein stolzes Haus, auch wenn es sich in Ibeles Erinnerung noch weitaus prächtiger darstellt. Stolz war auch die Tante, so stolz und schön wie weichherzig und – wer weiß? – einsam … Nicht einmal Ibele kann so langsam fahren, dass ihn nicht im Handumdrehen die Gegenwart einholen würde. Zum Beispiel in Gestalt der neu errichteten Wohnanlagen links und rechts der Straße. Sie bedecken jene Felder, auf denen der kleine Urlauber als tapferer Indianer mit Pfeil, Bogen und Steckenpferd auf Kriegspfad gegangen ist. Die Gegenwart zeigt sich auch im grellen Feuerschein des Achmühler Funkens, den Ibele soeben passiert. Hier nimmt alles seinen vorgesehenen Lauf. Die Hexe brennt lichterloh, gleich wird sie explodieren und in tausend Stücke zerrissen durch die Luft sausen. Das den Festplatz zahlreich belebende Volk johlt und säuft, säuft und johlt. Es hat seinen Spaß. Eigenartiger Spaß, denkt sich Ibele mit einer deutlichen Spur von Missmut. Bevor er ins Grübeln kommt, nimmt der Inspektor bereits die ersten paar Kehren hinauf zur Kieskurve. Eine seltsame Prozession begegnet ihm. Es muss sich um die abziehenden Funkenbesucher handeln. Geknickte, zerknirschte, frustierte Gestalten. Die Frauen tragen schlafende Kinder auf dem Arm. Die Männer, soweit sie nicht ebenfalls mit Kindern oder Bierkisten beladen sind, diskutieren aufgeregt und gestikulieren ratlos. Eine Autokolonne schiebt sich im Schritttempo der Stadt zu.

Wenige Minuten später ist Ibele am Ziel, steht vor einem qualmenden Haufen, einem wirren Durcheinander von verkohltem Gebälk inmitten einer gespenstischen Leere. Erhellt wird das Ganze lediglich vom zunehmenden Mond am sternklaren Nachthimmel und von den kreisenden Blaulichtern der Rettungs- und Feuerwehrfahrzeuge. Der Geruch von verschüttetem Bier, Bratfett und verbranntem, nassem Holz liegt in der Luft. Verlassene Verkaufsstände, umgeworfene Tische und Bänke. Ein Szenario wie in einem schlechten Katastrophenfilm. Es stinkt gewaltig zum Himmel. Ibele schickt einen langen Blick hinunter ins Tal, wo allenthalben die großen Feuer lodern. Eine Gauloise soll seine Wahrnehmung schärfen. Fetzen von Blasmusik dringen aus der Stadt herauf. Ein Stadtpolizist begrüßt den Inspektor höflich, erstattet knapp Bericht und weist auf Rettungskräfte und Spurensicherung. Dann winkt er einen Mann herbei und stellt ihn als Wolfram Häfele vor. Seines Zeichens Funken- und Baumeister, ein Ur-Dornbirner. Ein *Süoßlar* wie aus dem Bilderbuch, mit aufwändig gezwirbeltem Schnurrbart, bekleidet mit Zipfelkappe und einem modisch aufgepeppten Jägerdress. Es ist eine auf den ersten Blick imponierende Erscheinung, aber von auffälliger Blassheit des Gesichts und fahrig in den Bewegungen. Was hat den so aus der Fassung gebracht? Ungefragt beginnt er auf Ibele einzureden.

»Heiliger Florian! Das gibt's normal nicht, Herr Inspektor! Das war noch nie da, noch gar nie!« Der große kräftige Mann jammert haltlos vor sich hin. Wüsste Ibele nicht vom Alarmanruf der Dornbirner Kollegen her, worum es geht, der da wäre wohl kaum imstande, es ihm zu erklären!

»Also der Reihe nach, guter Mann. Wo ist das corpus delicti?« Ibele versucht Ruhe in das aufgewühlte Gemüt zu bringen. Mit zittriger Hand weist der Funkenmeister ein paar Meter auf der Straße bergwärts. Über Glutnester hinweg und um schwelende Balken herum erreicht Ibele den Leichnam. Der Tote, der einzige Tote des mißglückten Funkensonntags, befindet sich mitten auf der Bödelestraße. Mit signalrot leuchtender Farbe sind auf dem Asphalt die Umrisse des mit verrenkten Gliedmaßen bäuchlings liegenden Leichnams nachgezeichnet. Was den Funkenmeister so nachhaltig verwirrt, ist schnell erzählt. Der Tote ist niemand anderer als die Funkenhexe! Die Funkenhexe aber ist ein Mensch, ein Mann aus Fleisch und Blut! Das Fleisch ist leicht angeröstet und das Blut verkocht. Offenbar ein mittelgroßer, eher schmächtiger Mann, in mehrere lange, zerschlissene Röcke und ein buntes Gemisch von Blusen, Jacken und weiten Umhängen gekleidet. Auf dem Kopf sitzt schief eine rußige blonde Perücke, an den Füßen trägt er ein Paar spitze Stiefeletten. Alles miteinander mausetot.

Die Kollegen von der Spurensicherung können sich über Arbeit nicht beklagen. Sie wissen kaum, wo sie anfangen, und noch weniger, wo sie aufhören sollen. Eine hagere, hoch aufgeschossene Gestalt, es ist der diensthabende Notarzt, schleicht sich von hinten an Ibele heran und bellt ihm ungefragt seinen launigen Kommentar ins Genick. Man scheint eher redselig zu sein hier in Dornbirn, bei den *Braschlarn.*

»Herr Inspektor«, legt er in einem melodiösen Singsang los, »ich sage Ihnen eins: Der Mann da ist so tot, toter geht's nicht. Der ist tot und bleibt tot. Mein Gott, ist der tot! Do gang i glei wiid'r huam!« Ibele fährt herum und mustert die drahtige Figur. »Gestatten, ich bin der Doktor Bertolino. Ich habe leider Dienst heute Abend. Das blöde Funkenzeug ergibt doch nie etwas Gescheites, das sage ich Ihnen!«

Unter Ibeles wortlos-kritischer Musterung bedient sich der Arzt, eine kleine Verbeugung andeutend, einer etwas sachlicheren Ausdrucksweise:

»Der Tote da dürfte unter anderem erwürgt worden sein. Aber nicht mit den Händen, eher mit einer riesigen Zange! Und zwar schon vor mindestens einem, eher vor zwei Tagen! Schauen Sie sich einmal seine Augen an! Zudem, was mir mehr als spanisch vorkommt, es fehlen ihm an jeder Hand zwei Finger. Das schaut wie abgebissen aus, wenn ich das so sagen darf, Herr Inspektor.« Statt einer Antwort runzelt Ibele die Stirn, nimmt seine englische Mütze ab und streicht sich mit der Hand ein paar Mal über die Glatze. Den Mund verzieht er unwillkürlich zu einer kleinen Schnute, die Nachdenklichkeit, Erstaunen und Ratlosigkeit signalisiert. Der Rest der Gauloise landet in dem, was einmal der Funken war.

»Wer ist der Tote?«, fragt Ibele in die rasch größer gewordene Runde der ihn umringenden Männer. Frauen sind am ganzen Brand- und wohl auch Mordschauplatz bis auf die letzten verschreckt zwischen ihren Verkaufsständen herumhuschenden Marketenderinnen keine mehr zu sehen.

»Es ist der Wilfried Bäcker«, »Ein Frühpensionist«, »Ein Privatier«, »Gelegenheitsarbeiter und fleißiger Pippler«, »Vor Jahrzehnten einmal war er jemand!«, »Herz- und magenleidend«. Ein vielstimmiger Chor ertönt hohl zu Ibeles

Linken aus dem Dunkel. Und von der anderen Seite: »Ein möblierter Herr drunten im Oberdorf«, »Ein gutmütiger Kerl«, »Der tut keinem was«. Die Worte torkeln unsicher auf den Inspektor zu. Zumindest was das Trinken angeht, scheinen die Informanten Eingeweihte zu sein.

»Was hat der da heroben verloren?«, will Ibele wissen. Bei der Nennung des Namens *Bäcker* hat ihn eine flüchtige Erinnerung gestreift. Fürs Erste bleibt ihm jedoch keine Zeit, länger dabei zu verweilen. So verblasst und erlischt sie und sinkt zurück in die Tiefe, aus der sie emporgekommen ist.

»Er hat uns ab und zu bei leichteren Arbeiten geholfen, für eine Jause und ein paar Gläser Most und Schnaps.«

Ibele winkt einen der Stadtpolizisten zu sich, der sich als Mäser Tone vorstellt. Gemeinsam nehmen sie die Namen und Personalien einer Handvoll Männer auf, die angeben, über den Toten aussagen zu können.

»Jetzt halt doch endlich das Maul und sei wenigstens einmal still, Zumtobel, du furchtbarer Mensch! Du kommst dann morgen dran!«, fährt Mäser unwirsch einen schwer Betrunkenen an, der ununterbrochen zusammenhangslose Kommentare vor sich hinlallt und sich nach vorne drängt. Allesamt werden die Männer für morgen früh ins Bregenzer Kommando bestellt. »Nüchtern«, wie Ibele mit gespielter Drohgebärde anfügt. »Zumindest nicht völlig besoffen«, fügt Dr. Bertolino so ungefragt wie überflüssig hinzu, als wäre er in seiner Praxis. Ganz geheuer ist der Witz hier und jetzt aber nicht einmal ihm selbst. Der Funkenmeister liegt derweilen im Rotkreuzauto auf einer Bahre. Eine Beruhigungsspritze sollte ihn bald wieder halbwegs auf die Beine bringen. Sein Auftritt ist ihm heute gründlich vermasselt worden. Wie gründlich, das wissen nur ein paar Eingeweihte. Ibele wundert sich sehr über diese menschliche, männliche Funkenhexe, aber er kapituliert nicht vor der Vielzahl der Fragen, die sich stellen. Dennoch verlässt er so schnell wie möglich den Ort der in blutigen Ernst übergegangenen, ach so lustigen Hexenverbrennung.

Für die Fahrt nach Hause nimmt er wieder den Weg durch die Hintere Achmühle, noch einmal vorbei am Haus der vor Jahren verstorbenen Tante. Der Achmühler Funken ist mittlerweile fast zur Gänze abgebrannt. Vor der Gastwirtschaft des Max Danner herrscht ein großes Gedränge. Schaulustige erschweren die Durchfahrt. Dichte Menschentrauben kleben an den Getränke- und Imbissbuden. Unsäglicher Lärm dringt zum Glück etwas abgeschwächt durch die geschlossenen Autofenster. Das Haus der Tante liegt bis auf die matt erleuchteten kleinen Stubenfenster im Dunkel. In diesem Haus, das geht Ibele jetzt mit bildhafter und greifbarer Deutlichkeit durch den Kopf, hat zur Zeit von Isidors Sommerfrischen auch so einer gewohnt, wie es der Tote vom Oberdorf gewesen zu sein scheint. Ein Gescheiterter; nach dem Krieg ein gefeierter Fußballtormann beim alten FC Dornbirn, als der noch weit vom heutigen Profibetrieb und noch viel weiter vom Konkurs entfernt war. Irgendwann ist wohl etwas schief gelaufen und der Ferdl, ein einfacher Fliesenleger, ein Plätteler, ist in seine eigene Welt aus Resignation, Ressentiment und Revolte abgedriftet. Den kleinen Buben, der Ibele vor 45 Jahren war, hat er dennoch und gerade damit mächtig beeindruckt. Auch durch die unvermutete Nonchalance, mit der er der stolzen, schönen Hilda in für den kleinen Isidor schwer zuordenbaren Auseinandersetzungen Paroli geboten hat; war Ferdl doch trotz seines sozialen Abstiegs in einem subtil delikaten Verhältnis mit der Tante verbunden. So hat er, der einfache Zimmer- und Kostherr, mit stillem, gewaltlosem Widerstand seine Schrullen und anspruchslosen Extravaganzen tapfer gegen den ansonsten energischen, ja unbeugsamen Willen der Witwe durchgesetzt. Etwa wenn er abends in der geräumigen Küche am wachstuchbezogenen Tisch saß, hinter ihm an der Wand das berühmte *Angelusgebet* in einer vergilbten Reproduktion. Da verzehrte er leicht schmatzend die in den Metzgereien ergatterten Innereien, für heutige Begriffe eigentlich schon eher Schlachtabfälle, und trank seine Flasche Bier dazu. Beides transportierte er übrigens in einer uralten, abgewetzten, braunledernen Aktentasche. Beim Gedanken daran taucht in Ibele wieder die Erinnerung ein Stück weit auf, die ihn vorher bei der Nennung des Namens Bäcker durchweht hat. Aber eben nur ein Stück weit, zu wenig, um ganz an die Oberfläche der Realität zu gelangen. Dann ist sie wieder weg. Hildas Stolz, Hildas Vorwürfe und wohl auch ihre Schönheit prallten an Ferdls unbeugsamer Bedürfnislosigkeit letztlich spurlos ab. Spurlos: bis auf ein kleines, verschmitztes, unendlich sympathisches Lächeln, mit dem er sich den kleinen Isidor zum Verbündeten machte und sich tief in sein kindliches Gemüt einschrieb.

Zuhause angekommen stellt Ibele den Wagen in die Garage und betritt das hell erleuchtete Haus. Es ist still, die Gäste sind gegangen. Das Rösle liegt in eine warme Decke gehüllt auf dem Kanapee im Wohnzimmer. Sie liest in einem dicken, in mattgrünes Leinen gebundenen Buch. Es ist Isidors Weihnachtsgeschenk. Adalbert Stifters »Nachsommer«, das Buch vom Rosenhaus, die Geschichte einer späten Liebe mitten in einer wundersam geordneten Welt. Stifters sanfte Erzählung ist auf fruchtbaren Boden gefallen! Jetzt klappt Rosalia das Buch zu und blickt verträumt auf ihren Isidor. Sie kennt ihn. Entweder fängt er von selbst zu reden an über seinen Ausflug und den Funkenunfall – oder er redet morgen darüber. Noch sitzt er sinnierend am Tisch, die Ellbogen aufgestützt und das Kinn in die großen, kräftigen Hände gebettet. Von Zeit zu Zeit fischt er gedankenverloren Kekse aus dem Teller vor ihm, das letzte Aufgebot der Weihnachtsbäckerei. Kekse, die ihn wahrscheinlich noch tiefer ins Nachdenken bringen werden. Zielsicher schnappt er sich bei aller scheinbaren Zerstreutheit die besten. Es sind Kokosbusserl, die einzige Sorte, die sogar Rosalia in weiser Einsicht selbst zu backen sich seit Jahren weigert. Drei Mal darf geraten werden, woher sie kommen. Richtig! Vom Vochazer, dem Nonplusultra aller Konditoren in der Stadt! Ein Traum von einem Kokosbusserl, weich, fest und saftig, und ein einfach himmlischer, perfekter Geschmack, nämlich nach Kokos *und* nach Busserl! »Komm, lass uns schlafen gehen«, murmelt Ibele kauend in Richtung Rösle, pickt ein paar Brösel vom Tischtuch und steigt kopfschüttelnd über die hölzerne Treppe in das obere Stockwerk hinauf.

Die Kälte kann wahrlich brennen / Wie Feuer.

HEINRICH HEINE

What goes on?

Der nächste Morgen, ein Montagmorgen, empfängt den Inspektor mit strahlend blauem Himmel, einer Prise beißendem Wind und bizarr mit Raureif überzogenen kahlen Bäumen. Der Frühling hat heuer zwar bereits ein-, zweimal versuchsweise voreiligen Einzug gehalten, aber aktuell ist ihm wieder gar kein Durchkommen beschieden. Im Gegenteil: Die Wetterfrösche verheißen für diese Woche einen klassischen Wintereinbruch! Den kleinen Thalbachkanal entlang marschiert Ibele grübelnd, unausgeschlafen und verkatert dem Kommando zu. Er hätte doch reden sollen gestern! Im Gang vor seinem Büro warten dösend die fünf bestellten Dornbirner Funkenmänner. In dicke Jacken, abgetragene Mäntel oder schmierige Anoraks gehüllt, ungepflegt und reichlich zerzaust sind die Gestalten. Aus ihren bärtigen, verschatteten Gesichtern sprechen Neugier und Abwehr zugleich. Keiner hat es der Mühe wert gefunden, seine Kopfbedeckung abzunehmen. Viel Schlaf scheinen sie alle miteinander nicht erwischt zu haben. Fräulein Hagen sitzt adrett gekleidet an ihrem Schreibtischchen. Mit einem fragenden Blick auf die fünf vor der Tür wünscht sie Ibele lebhaft und aufmunternd einen guten Morgen. Dieses Fräulein hat seit einigen Monaten einen Weg eingeschlagen, der Ibele ausgesprochen gut gefällt. Nicht dass sie von einem Tag zum andern auf handgestrickte Pullover, Kräutertee und Vollkornsandwiches umgestiegen wäre. Das nun auch wieder nicht, aber im Vergleich zur alten Hagen und ihrem Getue, das poppig und schrill und das heißt nicht viel anderes als: geschmacklos war, bietet sie Ibeles anspruchsvollem Auge nunmehr einen durchaus bekömmlichen Anblick. Etwas ist geschehen mit ihr, etwas die Wahrnehmung mindestens so sehr in Beschlag Nehmendes wie ihr einst so aufdringliches Gehabe. Das Fräulein Hagen ist zur jungen Dame geworden, zur reifen und ausnehmend attraktiven jungen Dame – und das ohne jede überflüssige Anspielung. Was Ibele etwa im Augenblick von ihr zu Gesicht bekommt, kann man nicht anders nennen als erfrischend. So weit geht Ibele nicht, dass er seinen eigenen zaghaften bis ungeduldigen pädagogischen Interventionen diesen Wandel zuschreibt.

Der Auslöser für Antoinettes Paradigmenwechsel – ihrem Bericht zufolge – dürfte ein Erlebnis im letzten Spätsommer gewesen sein. Ein wohl betuchter Stickeronkel hat seine Nichte zu einem Schwarzenberger Schubertiade-Konzert samt einem Diner im *Adler* – oder war es der *Hirschen?* – ausgeführt. Das wäre ja an sich schon ein Ereignis, das Türen in neue Welten aufzustoßen vermöchte. Den nicht unbeträchtlichen Rest aber hat der jungen Frau schließlich die Musik, genauer der Bassbariton, gegeben. Auf dem Programm stand Schuberts *Winterreise,* die er hin- und herzzerreißend zum Vortrag brachte. Opfer eines berüchtigten Medikamentenskandals der 1960er-Jahre, ist der Sänger kaum einen Meter groß. So hat er eigentlich bereits mit seinem bloßen, energiegeladenen Erscheinen auf der Bühne und seiner über die Maßen positiven Aura, mit seinem alle Unbill der Welt im Handstreich außer Kraft setzenden Lächeln Antoinettes alte, schnelllebige Welt aus Hip und Hop, Flitter und Flatter zum Einsturz gebracht. Spätestens aber mit den ersten Tönen des Gesangs erfährt Antoinette Ungeahntes ...

Antoinette, die sich jetzt auch gerne Toni rufen lässt, trägt heute also dunkle, perfekt sitzende Jeans, eine einfache weiße Bluse und darüber eine wirklich wunderschöne, rot in rot gemusterte Strickjacke, ein teures Modell aus einer exklusiven Kollektion.

Fräulein Hagens wohltuende Präsenz ruft Ibele wiederum seinen ehemaligen Assistenten Albrecht ins Gedächtnis. Cäsar »Titanic« Albrecht, wie er neuerdings genannt wird, seit die Jungfernfahrt mit seinem motorisch absurd überdimensionierten *Golf VI R* zwar nicht so viele Opfer gekostet hat wie der Zusammenstoß des berühmten Luxusdampfers mit dem Eisberg, aber immerhin Albrecht ein Bein und eine arme Kuh, die ausgerechnet beim Wiederkäuen ins Gras beißen musste, das Leben. Seither befindet sich Albrecht auf Reha und danach erwartet ihn sein neuer Posten im Innendienst. Tragisch, aber da ist nichts zu machen. Warum, fragt sich Ibele, fällt es den Menschen so schwer, aus den Fehlern und Missgeschicken der anderen zu lernen! Alles delegieren sie an irgendwelche Instanzen und Institutionen oder gleich an Computer und Automaten, nur ihre Erfahrungen müssen sie unbedingt immer alle selber machen! Ist das logisch? fragt sich der Inspektor, oder auch nur vernünftig?

Albrechts Stelle nimmt seit einiger Zeit ein Kollege aus dem Heiligen Land ein, ein Tiroler, der sich vom Innsbrucker Landeskriminalamt nach Bregenz versetzen hat lassen: Inspektor Karl Baldreich. Er ist, was ihn von vornherein schon sympathisch macht, seiner großen Liebe, einer Lehrerin, ins Ländle gefolgt. Das ist nun ein Typ, wie er nicht besser zu Ibele passen könnte. Knochentrockener und schwarzgalliger Humor, unbestechlicher Verstand und ein diskreter Hang zu schöngeistiger Sinnlichkeit treffen in Ibele auf einen Gleichgesinnten. Nach wenigen Minuten kommt der Inspektor aus seinem Büro und bittet das Fräulein Antoinette, pardon: Toni, um einen Kaffee, selbstverständlich aus der Osteria. Aber das braucht Ibele nun nicht mehr extra zu erwähnen. Dann übergibt er seiner Sekretärin eine Liste mit fünf Namen, verbunden mit der Aufforderung, die Herren in umgekehrter alphabetischer Reihenfolge zu ihm zu bringen. Folglich den Zumtobel bitte zuerst. Dies einfach deshalb, weil der schon gestern die größte Klappe gehabt hat, allerdings nebst dem geringsten Durchblick. Mal sehen, was er heute noch zu berichten weiß. Ob die auf der Liste vermerkten Berufe der fünf Herren einen repräsentativen, eventuell leicht antiquierten Querschnitt der Dornbirner Gesellschaft abgeben, ist nicht ganz klar. Einiges spricht dafür: Je einen Sägewerksbesitzer, Gärtnergehilfen, Textilarbeiter, einen Buchhalter und sogar einen Landwirt hat der gründlich daneben gegangene Funkenspaß in Ibeles Büro geweht.

Die Gespräche dauern allesamt nicht lang. Die Zünftler haben keine Erklärung für das, was da geschehen ist. Ibele wird das vage Gefühl nicht los, dass, hätten sie denn eine Erklärung, ihnen die Worte fehlen würden, um wirklich sinnstiftend darüber Auskunft zu erteilen. Klar wird nur, und das ist ja schon etwas, dass der Funkenmeister und der Tote doch einiges miteinander zu tun gehabt haben, mehr jedenfalls, als dem Ersteren lieb gewesen sein dürfte. Dass Bäcker einmal bessere Zeiten gesehen hat, scheint ebenfalls allgemein bekannt. Dem geschwätzigen Zumtobel, seines Zeichens Gärtnergehilfe mit einem offensichtlichen Hang zu Hochgeistigem, wenn auch nur in flüssiger Form, entfährt zwar eine Andeutung auf des Funkenmeisters Privatleben, darüber hinaus scheint aber ob des immensen Respekts, den ihm die Funkenmeistergattin einflößt, sogar seine bodenlose Redseligkeit zu versiegen. Kaum mehr als ein paar vage Andeutungen stehen zu Buche, als er das Feld räumt. So viel gerade erfährt Ibele, dass das Häfelesche Anwesen aus der Mitgift seiner Frau stammt, die einer der ältesten Fabrikantendynastien der Stadt angehört. »Ich sage nur: Hämmerle!«, wie Zumtobel ungewohnt kryptisch und knapp formuliert. Leider erklärt das zumindest vorläufig in keiner Weise die schaurige und fatale Beschaffenheit der Oberdorfer Funkenhexe.

Nach einer Stunde ist der Spuk vorbei. Die Dornbirner ziehen gemeinsam wieder ab. Ihre Hinterlassenschaft besteht im Wesentlichen aus einem intensiven Mief mit den wenig anregenden Duftnoten von feuchtem Acker, fauligem Keller, schlechter Ernährung und noch schlechterer Verdauung. Von wegen *Süßlarschnitz*, wie Ibele sie mit der alten volkstümlichen Bezeichnung tituliert; dann schon eher *Türggamealer* und *Stumplar*, ergänzt Antoinette als Insiderin. Leider für heute einmal keine *Braschlar*: keine Vielsprecher, nicht einmal Großredner. Recht kleinlaut und mundfaul war man heute. Antoinette Hagen reißt die Fenster auf, atmet tief durch.

Aus dem veralteten Faxgerät schält sich ächzend und schräg ein Blatt Papier, der angeforderte Bericht zur Identität des Toten. Die nüchternen Angaben der Dornbirner Bezirkshauptmannschaft rufen in Ibele erneut und nunmehr, da er nicht locker lässt, deutlich die so lange verschollenen Erinnerungen wach. Mit einem Mal sind sie da. Das, was da auf dem Grund von Ibeles Ich in Bewegung geraten ist, verbindet sich augenblicklich mit dem Geruch des alten Leders von Ibeles Fülleretui. Ach du meine Güte, wie klein ist doch dieses Land! Too small, ist der Inspektor versucht auszurufen! Immer wieder, sagt er sich stattdessen, laufen dir die gleichen Typen mit ihren unglaublichen Schicksalen über den Weg. Wilfried Bäcker, diesen Namen kennt Ibele aus seiner Schulzeit! Es ist offensichtlich niemand anderer als der glamouröse Großschlächter, der Fleischtitan der 1970er-Jahre. Vor bald einmal vierzig Jahren sahen viele in ihm einen lokalen Donald Trump der Lebensmittelbranche. Im schneeweißen Pullover ist er in den trendigsten Diskotheken aufgetreten, brachte einen ersten Hauch von Jet-Set in das verschlafene Land. Bald aber war es still um ihn geworden, als er die aus dem Fast-Nichts der elterlichen Gemischtwarenhandlung aufgebaute Firma, die seinerzeit viel Unruhe in die von kleinen Familienbetrieben dominierte Provinz gebracht hatte, an den wesentlich seriöseren Bruder, einen rotbärtigen Wirtschaftsprofessor, abgegeben hatte. Notgedrungen abgegeben, um dem drohenden Konkurs zu entgehen, wie die in der so genannten feineren Gesellschaft der Kleinstadt kursierenden Gerüchte verkündeten. Aus Donald Trump wurde recht bald ein rastloser Tramper. Vom Bruder war die Firma wiederum, kurz vor seinem frühen, von schwerer Krankheit verursachten Tod, einer Nichte übertragen worden. Wie sich nur allzu rasch zeigen sollte, eine ihrerseits ausgesprochen lebensfrohe Dame. Binnen kürzester Frist waren Erbin und Firma sang und klanglos verschwunden. Lange hat Ibele nichts mehr von Bäcker gehört. Immer wieder hat er an ihn gedacht. Es ist schon etliche Jahre her, dass er seiner mehrmals in der Bregenzer Bahnhofsgegend ansichtig geworden war. Ein schwarzer Schlapphut und eine ausgebeulte lederne Aktentasche – ja genau: so eine, wie sie auch der Ferdl verwendet hat – gaben für Ibele damals an der leicht hinkenden Gestalt besonders ins Auge stechende Eigenschaften ab. Jetzt ist der Lebemann tot. Ibele versinkt, die Hände in den Hosentaschen vergraben und einen fernen Punkt im Nirgendwo anvisierend, für einige Minuten in tiefes Grübeln. Ein flüchtiges Klopfen an seine Bürotür holt ihn zurück. Es ist das typische, bestens bekannte Pro-forma-Klopfen des Generals. Ibeles Blick sucht mühsam Halt in der schlecht beleuchteten Kanzleiwirklichkeit. Ein Zivilist steht vor ihm. Ein Zivilist in einem zementgrauen Anzug und einem weinrot und weiß karierten Hemd samt passender Krawatte – eh recht fesch! Ein Zivilist mit dem Gesicht des Generals. Träumt Ibele? Die beste Tarnung ist keine Tarnung. Und was man verschweigen will, darüber soll man reden!

»Einen schönen guten Morgen, Ibele«, die Stimme ist eindeutig die des Generals, seine übliche Jovialität wirkt in der zivilen Aufmachung noch um eine Spur aufgesetzter.

»Guten Morgen, Herr Pl… Herr General.« Beinahe hätte ihn Ibele mit seinem Namen angeredet, was unter normalen Umständen ein ähnliches Sakrileg darstellt, wie wenn du dem Papst mit einem saloppen »Servus, Herr Ratzinger!« die Pfote schüttelst. Der General ist immer noch kein richtiger General, aber, die Pensionierung in Reichweite, zum Brigadier ernannt worden. Dass die aus seinem mit gutem Recht napoleonesk zu nennenden Ehrgeiz entstandene ironische Titulierung als General mittlerweile zur praktisch offiziellen Anrede avanciert ist, fällt ihm nicht mehr auf. Er ist der *General*. Sein Faible für phantastische Uniformen wird fast, aber nur fast, übertroffen von seiner Affinität zur Presse.

»So, Ibele, wie schaut's aus? Was ist da passiert mit der Funkenhex?«

»Die Funkenhex war eben keine Funkenhex, Herr General! Sie war ein ganz normaler Mensch. Wenn auch einer, dessen goldene Zeiten weit hinter ihm liegen. Sie kennen ihn wahrscheinlich, ein früherer Geschäftsmann, ein Adabei der ersten Stunde namens Wilfried Bäcker.« Bei der Erwähnung eines *Adabeis* spitzt der General die Ohren, wie Ibeles Katze das tut, sobald das Küchenmesser abgezogen wird.

»Bäcker, Ibele? Der Bäcker? Der *Rind-Kalb-Schwein-für-Groß-und-Klein*-Bäcker?«

»Ja, Herr General, *der* Bäcker! Offenbar hat er seit etlichen Jahren in Dornbirn droben gewohnt, alte Bekanntschaften haben sich ein wenig um ihn gekümmert, aber, wie ich heute früh erfahren habe, tatsächlich nur ein wenig. Noch dazu aus eher rätselhaften Motiven heraus, zu denen, wie ich mir vorstellen könnte, reine Menschenliebe nicht unbedingt gezählt hat.« Der General setzt sich auf die Kante des Besucherstuhls vor Ibeles Schreibtisch. Er begutachtet lange schweigend seine manikürten Fingernägel. Dann und wann knackt es leise in den Heizkörpern. Gelbes Sonnenlicht überflutet den hellen Parkettboden.

»Und wie kommt er zu seinem Auftritt als Funkenhexe, Ibele?«

»Das wissen wir noch nicht, Herr General. Es scheint, was möglicherweise eine Rolle spielt, eine Verbindung zwischen dem Toten und dem Funkenmeister Häfele zu bestehen. Eine alte Seilschaft oder so etwas vielleicht. Er hat ja einmal bessere Zeiten gehabt, der arme Teufel. Aber die Süoßlar geben nicht wirklich aus, die schiefgelaufene Funkenparty stößt ihnen recht sauer auf. Der Obduktionsbericht lässt noch auf sich warten. Montag, Herr General! Da darf man sich nicht zu viel auf einmal erhoffen. Wenn es nach dem Dornbirner Arzt geht, der gestern vor Ort war, hat eine Riesenzange den Toten erwürgt und ein böser Drache hat ihm bei der Gelegenheit ein paar Finger abgebissen.«

»Was ist denn das für ein Witzbold?«

»Ein recht bodenständiger.« Ibele versucht, den Mann in Gesichtsausdruck und Stimmgebung nachzuahmen, aber dem General scheint nichts aufzufallen! »Er könnte trotzdem irgendwie Recht haben mit seiner Theorie. Denn wo man meint, er redet bloß, sagt er sogar etwas! Da hat nämlich vorher einer von der Funkengilde erzählt, wie die Hexe zuoberst hinauf auf den Scheiterhaufen gehievt wird, immerhin deutlich über zehn Meter! Ein LKW aus der Baufirma des Funkenmeisters fährt seinen Mords-, pardon, seinen Hebekran aus, greift sich die wie immer liebevoll präparierte, meist schon seit mehreren Tagen bereitliegende Puppe am Kragen und hängt sie ganz oben an einen eisernen Haken. In unserem Fall wahrscheinlich eben den Bäcker statt der Hexe. Es geht da ziemlich unkompliziert zu bei den Zünftlern, fast hätte ich *nüchtern* gesagt, aber das trifft's dann doch nicht! Ich habe den Baldreich bereits nach Dornbirn geschickt, den Kranfahrer zu interviewen … Der Funkenmeister ist noch im Krankenstand.«

»Mein Gott, das ist ja grauenhaft!« Je näher seine Pensionierung rückt, desto angebrachter findet es der hohe Herr, Emotionen zu zeigen. »Übrigens, Ibele, der Kollege Baldreich, wie hast du's mit dem?«

»Der Inspektor Baldreich, Herr General, ist eine Perle!«

»Gut, dann schaut's, dass ihr was weiterbringt's, ihr zwei! Sonst hört sich ja das schönste Brauchtum auf!«

»Wenn der Herr General die Bemerkung gestatten«, das kann sich Ibele jetzt einfach nicht verkneifen, »wenn Herr General gestatten, ist das erstens nicht das schönste Brauchtum, und zweitens wäre es auch egal, wenn es sich aufhört, weil ...«

»Aber, aber, mach er einen Punkt, Ibele! Was heißt da ›egal wenn es sich aufhört‹? Wie meint er das, Ibele?«, fällt ihm der hohe Herr ins Wort. *Wie meint er das, Ibele!* Hat sich der Inspektor verhört? Seit wann kommuniziert man in der dritten Person?

»Wie ich es sage, Herr General: Das Ganze ist heutzutage nur noch eine reine Geschäftemacherei, bitteschön, aber wenn's doch wahr ist! Eine heillose Sauferei und Fresserei und außerdem sexistisch und stupid! Von den Streitereien und Unfällen ganz zu schweigen! Den Winter austreiben! Dass ich nicht lache! Noch dazu mit einer Hexe! Die sollen ihre Schneekanonen abstellen, mit denen sie die Wiesen zupusten, dann wird's von selbst wieder Frühling!«

»Also Ibele, was redet er denn da? Was haben denn die Schneekanonen mit dem Funkensonntag zu tun? Mag er keine Feuerchen? Und außerdem: Weltkulturerbe sind die Funken, Ibele, Weltkulturerbe! Weiß er's nicht?!« Doch, er weiß es, er hat ungläubig davon gelesen im *Vorarlbergboten* vor wenigen Wochen. Was Ibele hingegen bisher verborgen geblieben ist: Der Herr General hat sich am Samstagabend die jüngste Nestroy-Inszenierung der etwas altväterisch *Landesbühne* genannten Theatertruppe angeschaut. ›Ein bisschen auf Kultur gemacht‹, wie er das flapsig nennt, als müsste man sich dafür schämen. Dabei hat er in der biedermeierlichen Sprache ein neues Mittelchen gefunden, den kaiserlich-königlichen Kriminaloberhofrat zu spielen, den zu verkörpern ihm die ungerechten Zeitläufte leider nicht mehr erlauben. »Hat er gar ein Problem, Ibele?«

»Ja, Herr General, das hat er! Weltkulturerbe! Dass ich nicht lache! Wahrscheinlich mitsamt dem Schnaps und all dem andern Unfug! Mehr haben wir nicht gebraucht!«, raunt der Inspektor missmutig und zischelt ein grantiges »Lebt wohl, Exzellenz« in seinen kräftig grau melierten Sechstagebart.

Ibeles Telefon läutet und erspart ihm weiteres Diskutieren, das ob der tief verwurzelten Pseudo-Volkstümlichkeit des Generals auch wenig aussichtsreich wäre. Inspektor Baldreich berichtet: Der fragliche LKW-Fahrer ist mit einer Fuhre Bauholz unterwegs ins Große Walsertal, kommt gegen Mittag zurück. Ibele gibt dem Kollegen die Anweisung, zu warten und den Mann so genau wie möglich zum Funkenbau zu befragen, vor allem, was den zeitlichen Ablauf betrifft. Er könne sich inzwischen ein wenig in der Stadt umhören, was so geredet werde. Man kennt ja die Adressen, wo sich auch vormittags die Müßiggänger treffen, um sich gegenseitig ihrer Wichtigkeit zu versichern. So steuert Baldreich zielsicher den Marktplatz an und setzt sich im berühmten Café mit dem originellen Namen *Steinhauser* unauffällig an eines der zentral gelegenen Tischchen. Umringt von den um diese Stunde üblicherweise hier versammelten pensionierten Beamten, Advokaten, Notaren, Geschäftsmännern und ihrem so bunt wie einschlägig gemischten Harem, versteckt sich Baldreich hinter einer Tageszeitung. Thema Nummer eins der stark an Seifenblasen erinnernden Gespräche ist natürlich die Funkengeschichte. Ebenso natürlich kennt jeder jemanden, der jemanden kennt, der von einem weiß, der genau weiß, wie und wer es war. Nur diese Jemande brauchen wiederum jemanden, der weiß. Selber wissen tut keiner etwas.

Mittlerweile ist der General in Richtung Pressebüro abgezogen. Dafür winkt das Fräulein Hagen mit einem Zettelchen in der offenen Tür und legt es auf Ibeles Aufforderung vor ihn hin. In sauberer, gar ein wenig volksschulhafter, ganz leicht nach rechts geneigter Handschrift findet sich darauf in fehlerlosem Deutsch eine Telefongesprächsnotiz. Eine Frau Häfele hat sich angekündigt, sie wird in einer guten Viertelstunde eintreffen, wenn es dem Herrn Inspektor recht ist. Frau Häfele? Vielleicht die Frau Bau- und Funkenmeisterin, geborene Hämmerle? Was sich da möglicherweise anbahnt? Was hat denn die so Pressantes zu berichten?

Ach wie flüchtig, ach wie nichtig

Die anstehende Wartezeit überbrückt Ibele mit seiner Vormittagsjause, einer Orange. Orangen statt Leberkäse? Was ist los mit dem Inspektor? Ist er zum Vegetarier geworden? Hat er gar seiner Lieblingsmetzgerei, dem Rimmele, abgeschworen? Nein, natürlich nicht, umso weniger, als man dort seit neuestem auch ein vegetarisches Mittagsmenü anbietet. Das lässt auf einen allgemeinen Bewusstseins- und Gesinnungswandel schließen. Wodurch auch immer der motiviert sein mag! Jetzt aber eine Orange! Standes- und naturgemäß eine Blut-Orange, eine Moro-Blut-Orange! Zum einen hält Ibeles Magen mitsamt den zuarbeitenden und ableitenden Organen offensichtlich immer weniger von allzu fettem Zeug. Ibeles Internist schließt sich dieser Abneigung empathisch an. Zum andern ist so eine Orange ein wahres Wunderwerk an Form, Farbe, Geschmack, Saft und wiederum – Fleisch. Der Zauber, der von ihr ausgeht, fängt an, sobald Ibele die Frucht aus dem mit exotischen Motiven bedruckten bunten Seidenpapier wickelt. Das streicht er auf dem leergeräumten Schreibtisch sorgfältig glatt. Als wäre es ein kostbares Original, legt er das Blatt in einer eigenen Schublade auf einen luftigen, leise knisternden Stapel. Mit seinem roten Schweizer Taschenmesser teilt er die Schale regelmäßige Meridiane ziehend in vier Teile, schneidet die obere Kuppe ab und löst die orange bis blutrot leuchtenden Viertel mit der blütenweißen Innenseite konzentriert von der Frucht. Dabei erscheint Ibeles Zungenspitze zwischen den leicht geöffneten Lippen und über seiner Nasenwurzel bildet sich eine Art Mercedesstern, was das Fräulein Hagen durch die weit geöffnete Tür amüsiert beobachtet. Zu guter Letzt zerlegt Ibele die Orange in einzelne Schnitze, wie man die Spalten hier nennt, und legt sie auf ein kleines Tellerchen in Reichweite vor sich hin. Alsogleich verspeist er sie, nicht ohne vorsichtig jeden einzeln mittig entzwei zu schneiden und das fantastisch strukturierte Fruchtfleisch ausgiebig zu betrachten, bevor er sie sich Hälfte für Hälfte vorsichtig auf die Zunge legt und langsam zerkaut. Gerade noch, ohne jeweils ein andächtiges »Amen« zu flüstern.

Das Tellerchen ist gesäubert und verräumt, die Hände gewaschen – mit Seife und bis über die Handgelenke hinauf, man ist ja kein Schmutzfink –, da hört Ibele auf dem Gang das Getrappel von Absätzen und Sekunden später meldet Antoinette förmlich »Frau Häfele aus Dornbirn«, die auch bereits in der Tür erscheint.

Ibele schnellt aus seinem Sessel hoch. Er hat mit nichts gerechnet, und damit schon gar nicht. Ist das die Frau dieses aufgescheuchten Möchtegern-Jägers und verstörten Funkenmannes von gestern? Sachen gibt's! Nach einem Moment der Atem- und Wortlosigkeit kurvt Ibele wieselflink um den Schreibtisch herum. Frau Häfele streift sich derweil in aller Ruhe den Lederhandschuh von der Rechten. Ihre warme Hand ist knochentrocken. Der feste Händedruck ist Versprechen und Warnung zugleich. Ibele bittet die Dame Platz zu nehmen. Während sie sich geschmeidig in den von ihm eilig zurechtgerückten Sessel setzt, öffnet sie den eleganten dunklen Mantel und nimmt mit einer weit ausholenden Bewegung die extravagante Pelzmütze ab. Das alles beobachtet Ibele aus den Augenwinkeln, während er sich hinter dem Schreibtisch in Stellung bringt und sich ernsthaft ermahnt, nicht weiter zu denken als bis zu dem offenbar auf nackter Haut getragenen Seidenjackett der Frau Häfele. Trotzdem knistert's, als wäre die Dame in

Moro-Blutorangen-Papier gewickelt! Ibele weiß, dass er im Dienst ist und nicht auf Braut- oder Modenschau, dennoch lässt er sich viel Zeit, bevor er das Gespräch beginnt. Ein eisiger Luftzug aus dem Vorzimmer wirkt ernüchternd und holt Ibele ins Hier-und-Jetzt zurück. Die Toni übertreibt manchmal gerne ein wenig mit der Frischluft, aber jetzt liefert sie damit genau die Abkühlung, die Ibele nottut.

»Grüßgott, Frau ...«

»Häfele, Herr Inspektor, Laura-Elisabeth Häfele. Mein Mann ist der Funkenmeister, Sie haben ihn gestern kennen gelernt.« Diese Sätze kommen so kühl wie die Ansage des Stadionsprechers beim Siegestor der Gästemannschaft. Immerhin folgt ihnen die Andeutung eines Lächelns und Ibele darf sich sicher sein, dass es eher ihm als dem soeben erwähnten Gatten gilt. Was den Inspektor aber im Moment nicht wesentlich erleichtert.

»Guten Morgen, Frau Häfele, was bringt Sie zu mir? Ist etwas mit Ihrem Mann? Er war gestern ja ziemlich durcheinander! Wie geht es ihm denn heute?«

»Oh, es geht ihm gut, meinem Mann. Die Sanitäter haben ihn nach Hause gebracht. Sie haben ihm ein feines Spritzchen verpasst und noch ein schönes Schlafpülverchen dagelassen. Er hat dann bald einmal geschlafen wie ein Murmeltier und geschnarcht wie ein Bär. Leider kann er sich nichts erklären von dem, was passiert ist gestern, aber für das Fragen ist die Polizei zuständig, hat er beim Frühstück gemeint. Jetzt sitzt er trotz Krankenstand im Büro. Doch ich komme nicht wegen meinem Mann. Um den werden ja hoffentlich Sie sich kümmern.« Für eine Sekunde schließt Frau Häfele die Augen, öffnet sie mit einem Anflug von Lächeln und sucht Ibeles Blick. »Ich möchte über den Toten mit Ihnen sprechen, Herr Inspektor. Mein Mann braucht davon übrigens nichts zu erfahren!« Wie sie jetzt *mein Mann* betont hat, geht Ibele durch Mark und Bein, mehr noch das *Mann* als das *mein*!

»Bitte, Gnädige Frau, ich bin ganz Ohr!« Frau Häfele macht eine kurze Pause, holt einmal tief Luft und spricht dann ohne abzusetzen. Übrigens spricht sie einen unverfälschten Dornbirner Dialekt, was Ibele nach dem Hinweis auf ihre für hiesige Verhältnisse fast schon adlige Herkunft überrascht. Für gewöhnlich sprechen diese Kreise doch eher einen recht affektiert ans Hochdeutsche angelehnten Slang. Frau Häfeles Stimme ist ein runder, warmer Alt. Gleichwohl spürt man, wie jedes einzelne Wort genau an seinem vorgesehenen Platz steht; spürt man, dass das einzige Ziel dieser kleinen Rede darin besteht, in der Welt jene Klarheit zu schaffen, die Frau Häfele für sich schon lange gefunden hat.

»Der Tote, Herr Inspektor, der Wilfried Bäcker, war ein alter Spezi meines Mannes, sie kannten sich seit der Schulzeit. Außerdem war er vor 20 Jahren mein Geliebter.« Ibele bleiben nur Sekundenbruchteile, um die vollständige Natürlichkeit zu registrieren, mit der dieser Satz Frau Häfele über die dezent rubinrot geschminkten vollen Lippen kommt. »Es war eine kurze Affäre. Leider, wenn ich das so sagen darf. Ich war damals schon eine Weile mit dem Häfele verheiratet, unglücklich verheiratet, um auch das klar zu sagen. Der Häf…, mein Mann hat dann bald gemerkt, was läuft. Nachdem er sich den Wilfried vorgeknöpft hat, wie er das nannte, war alles von einem Tag auf den andern aus. Ich habe nie erfahren, wie die beiden verblieben sind miteinander. Der Wilfried hat sich mir gegenüber seither verhalten wie ein entfernter Bekannter, wie ein scheues Tier. Wenn Sie mich fragen, hat er vor irgendetwas höllische Angst gehabt. Wovor, weiß ich nicht. Mein Mann hat nie mehr ein Wort über die Sache geredet. Er hat fast überhaupt nicht mehr mit mir geredet. Seit 20 Jahren nicht mehr.« Frau Häfele schaut Ibele direkt in die Augen. Ein Blick weit jenseits aller Illusionen, aber auch voller Stolz und aufregender Weiblichkeit! Dass dieser Blick so gar nichts mehr sucht und somit wie von selbst alles findet, geht Ibele erst später auf. Das zutiefst Irritierende von Frau Häfeles zwischen grenzenloser Sanftmut und abgrundtiefer Verbissenheit schwankendem Charakter jedoch fährt ihm unmittelbar ein. Ibele kann nicht anders, als dieser Frau auf Anhieb jedes Wort zu glauben. Die zu einem mächtigen Knoten aufgesteckten schwarzen Haare verleihen ihr im Verbund mit dem eleganten kastanienbraunen Kostüm Ernst und Anmut, Strenge und Sinnlichkeit zugleich. Bevor Ibele dazu kommt, etwas zu sagen oder auch nur konkret zu denken, spricht die Frau weiter:

»Niemand außer unserer Haushälterin Zölestine hat je von der Geschichte erfahren. Mein Mann hat den Wilfried und der Wilfried hat den Baumeister fest in der Hand gehabt – und der mich. Nicht dass er gemein oder gar brutal gewesen wäre zu mir. Er ist einfach nur frustriert, was wir ruhig sein Problem sein lassen können. Seit der Aussprache der beiden ist er wie ein Panther im Käfig. Sie wissen schon: viel Kraft und mittendrin ein betäubter Wille. Der Wilfried muss letztlich am längeren Ast gesessen sein. Sonst hätte mein Mann die Sache nie im Leben so mirnichts-dir-nichts auf sich beruhen lassen. Dafür ist er viel zu eitel und selbstverliebt. Ich gebe Ihnen einen dringenden Rat, Herr Inspektor«, für einen Moment hält sie inne; sicher nicht, um zu überlegen. Eher schon wartet sie, bis ihr Zuhörer seine Sinne justiert hat. Dann: »Werfen Sie einen genauen Blick auf Bäckers Testament!« Frau Häfeles Rat kommt daher wie ein Befehl. Es ist ein Befehl. Sie bricht ihren Monolog jäh ab und lässt Ibele zum ersten Mal, seit sie hier ist, aus den Augen. Gelassen und interessiert mustert sie das unscheinbare, überheizte Büro.

»Bäckers Testament?« Bei diesem Wort verlagert sich Ibeles Aufmerksamkeit blitzartig von der Frau vor ihm auf einen seit Monaten schwelenden Justiz- und Kriminalskandal. Es geht dabei um gefälschte Testamente. Die Täterschaft ist den zahlreichen Indizien nach unter anderem im Kreis von Gerichtsbeamten und Anwälten zu suchen. Offenbar über viele Jahre hinweg sind von ihnen durch geschickte oder plumpe, auf jeden Fall aber denkbar unverschämte Manipulationen zahlreiche Erbschaften in die falschen Hände gespielt worden. Zumeist natürlich in die eigenen. Eine Geschichte, in die erst etwas mehr Bewegung und Licht kommt, seit die Staatsanwaltschaft aufgewacht ist aus ihrem Dornröschenschlaf. Halbwegs entwirrte Kompetenzen und beseitigte Befangenheiten haben den Weg freigeräumt. Jetzt wird von den Medien und ein paar engagierten Richtern ordentlich Dampf gemacht. Ob's mehr ist als heiße Luft? Ausgangspunkt der Affäre ist ausgerechnet das Bezirksgericht Dornbirn!

Just in diesen Tagen allerdings ist in Sachen Testamentsfälschungen in Bregenz eine Sache ans reichlich trübe Tageslicht getreten, die über einen kleinen Umweg ein Stück weit in Ibeles persönliche Biographie hineinreicht. Ein ehemaliger Mitschüler aus der Höheren Kaufmännischen Lehranstalt hat ihn auf den medial breit ausgewalzten Fall der Aloysia F. hingewiesen. Ibele hat zwar schon davon gehört und sich grob über den involvierten pensionierten Richter Dr. Brotzeit gewundert. Der, ein dürres Männlein, das mit seinen jüngsten Aussagen den dubiosen Kollegen aus Franz Kafkas *Prozeß* alle Ehre macht, hat sich in das Vertrauen der praktisch blinden und geistig kaum mehr präsenten, steinalten F. eingeschlichen. So ist es ihm gelungen, ihr gesamtes Vermögen, die Rede ist von über einer Million, zu ergattern. Eine Million! Ibele rechnet das unwillkürlich in die alte Schillingwährung um, was ihm die Ungeheuerlichkeit des Falles so richtig ins Bewusstsein bringt. Aloysia F., hat Ibele nunmehr erfahren, ist niemand anderer als seine alte Stenografie-Lehrerin. Die hatte sich mit Anweisungen wie »Lernen's einmal einen Anstand!« so engagiert wie wirkungslos um die Sozialisierung der Halbwüchsigen gekümmert. Testamente also tragen in dieser Zeit nicht nur für den Kriminalisten ein enormes Alarmierungspotential in sich.

Frau Häfele legt das rechte Bein über das linke und lehnt sich entspannt zurück, während die Knöchel von Ibeles ineinander verschränkten Fingern langsam weiß werden. Die Besucherin mustert die teuren Ringe an ihren auf dem Schoß ruhenden Hände mit einem leichten Heben der Augenbrauen. Mühelos holt sie den Inspektor aus seinen grundsätzlichen Reflexionen zurück in ihre private Erzählung.

»Ja, Herr Inspektor, Bäckers Testament. Ich habe es kurz vor dem Bruch, es ist viele Jahre her, mit eigenen Augen gesehen. Er hat mir in seiner Verliebtheit und Leidenschaft einen großen Industriegrund in Schwarzach vermacht. Bäcker war mir mit Leib und Seele verfallen. Mehr noch: mit Grund und Boden! Ich war seine große und einzige Liebe. In einer letzten, klammheimlichen Aussprache gab er mir hoch und heilig das Versprechen, an diesem Testament nie mehr etwas zu ändern. Komme was wolle!«

»Oha!«, entfährt es Ibele wider seinen Willen und seine Finger lösen sich aus ihrer Starre. »Und Sie, Frau Häfele? Wie standen Sie zu ihm, abgesehen von dieser Erbschaft?«

»Nun«, die Dame zögert einen Wimpernschlag lang und ihr Gesicht nimmt einen noch sanfteren und gleichzeitig entschlosseneren Ausdruck an, »er war ein sehr, sehr netter Kerl, ein ungewöhnlich feiner Mann, und schneidig war er, einfach verdammt schneidig, charmant wie kein anderer, und dann sein Geld und seine Autos, der geborene Verführer. Dabei ein seelenguter Mensch und furchtbar unglücklich. Die Mutter ist ihm früh gestorben, davon hat er immer wieder geredet und davon hat er sich, da bin ich überzeugt, nie mehr erholt. Dass ihm die Firma abhanden gekommen ist, hat ihm den letzten Halt genommen.«

Frau Häfele schweigt. Sie schaut Ibele direkt in die Augen. Aber der weiß, dass er jetzt nichts zu sagen braucht, nichts zu sagen hat! Frau Häfele erhebt sich tatsächlich ohne weitere Umstände, knüpft den Mantel zu, setzt sich den Hut auf und zieht den linken Handschuh an, die Rechte streckt sie über den Schreibtisch hinweg Ibele entgegen.

Der ist noch nicht ganz fertig. Erst nach und nach realisiert er die Tragweite des soeben Gehörten.

»Frau Häfele, wollen Sie mir mit all dem sagen, Ihr Mann könnte mit Bäckers Tod etwas zu tun haben?« Ibele kennt die Antwort. Umso gespannter ist er auf Frau Häfeles Reaktion.

»Das weiß ich nicht. Mit dem Wilfried hatte er gewiss etwas zu tun. Sein verpfuschtes Leben geht mit Sicherheit auch auf die Rechnung meines Mannes. Wie es mit Bäckers Tod ausschaut, müssen schon Sie herausfinden. Mein Mann, das habe ich unlängst erfahren, versuchte trotz allem, den Wilfried immer vor dem schlimmsten Absturz zu bewahren. Seit längerem hat er ihm sein Zimmer bezahlt und sogar seine Arztrechnungen, seit das mit dem Magenleiden angefangen hat. Ob aus Mitleid oder fiesem Kalkül, bleibt offen. Aber Bäcker war ihm lästig wie nur etwas. Sie haben sich gegenseitig verabscheut und gehasst, da bin ich mir sicher. Obwohl der Wilfried für so etwas gar nicht gebaut ist. Um ihm etwas, so etwas vor allem, anzutun, war der Wilfried meinem Mann vielleicht nicht wichtig genug. Wichtig ist für ihn nur er selbst. Und das Geld.« Da ist wieder der eisige Ton in der Stimme, der sich nur in vielen Jahren gegenseitiger Verachtung bei ständiger körperlicher Nähe entwickeln kann.

»Warum denn Geld? Er hat doch reichlich davon?« Da eben täuscht sich Ibele.

»*Ich* habe genug davon. Meiner Mitgift konnte der Baumeister nicht widerstehen, aber verkraftet hat er sie auch nicht. Sein Baugeschäft ist ohne mich ein Fall für den Insolvenzrichter.« Dass Frau Häfele das fast ohne jeden Zynismus sagen kann, empfindet Ibele als eine psychologische oder auch nur rhetorische Meisterleistung. Die Frau steigt noch einmal um ein beträchtliches Stück in seinem Ansehen.

»Ich würde gerne morgen Nachmittag Ihren Mann sprechen, und zwar zuhause. Können Sie das einrichten, Frau

Häfele?« Ibeles Frage wird von der Besucherin achselzuckend zur Kenntnis genommen und kopfnickend bejaht, als hätte sie nichts mit ihr zu tun.

»Um welche Zeit werden Sie kommen?«

»So gegen halb vier?«

»Zum Kaffee also, gerne, dann bis morgen. Auf Wiedersehen, Herr Inspektor.«

Eine befremdende Mischung aus Schadenfreude, großbürgerlichem Standesdünkel, Schicksalsergebenheit und weiblichem Pflichtbewusstsein scheint Frau Häfele ihre Worte und Gesten zu diktieren. Selbst in Antoinettes Gesicht, die den herrschaftlichen Abgang durch ihr Vorzimmerchen neugierig beobachtet, schleicht sich ein Ausdruck von Bewunderung und Anerkennung.

Viser l'ombre, c'est parfois le moyen de toucher la proie.
Willst du die Beute treffen, so ziele auf den Schatten.
MICHEL LEIRIS

Was das Kino erzählt. Vom Gutenachtkuss

Als Ibele vom Mittagessen – Saltimbocca und Kokos-Panna cotta – in der Osteria-Kantine zurückkommt, liegt der Obduktionsbericht aus der Feldkircher Pathologie auf seinem Schreibtisch, wenigstens der vorläufige. Endgültiges ist an einem Montag kaum zu erwarten. Bäcker starb demnach an gebrochenem Genick, genauer: an einem abgequetschten Genick. Die tödliche Verletzung ist allem Anschein nach von einem sehr groben Werkzeug, einer Art Riesenzange verursacht worden. Ganz so, wie schon die Vermutung des seinem Namen alle Ehre machenden Praktikers Dr. Bertolino am Sonntag lautete. Es könnte sich bei dem verwendeten Werkzeug durchaus um einen LKW-Kran handeln, folgert Ibele. Man wird ja von Kollege Baldreich bald mehr erfahren. Somit kann sich Ibele dem Pressetext widmen, den ihm der General im Vorbeigehen aushändigt, bevor er sich eilig in Richtung Schneiderei davon macht. Der General, noch immer in Zivil. Dabei steht ihm heute ein offizieller Termin ins Haus. Das neue Hauptquartier der Landesstromgesellschaft wird eingeweiht. Wie Ibele ein Blick aus dem Fenster verrät, wartet im Hof die schwarze Direktionslimousine mit laufendem Motor, um den hohen Ehrengast abzuholen. Der hat noch nicht einmal eine Uniform an! Was sind das nun wieder für Ambitionen?

Der Lokal-Redakteur des *Vorarlbergboten* fragt telefonisch nach den versprochenen Informationen und neuesten Fotos und kündigt für morgen einen psychologischen

Gastkommentar von Dr. Hallmüller an, der sich, wen wundert's, bereits seine Gedanken zur Kriminalisierung des Brauchtums gemacht hat. Ein Expertenkommentar, eine kleine Funkenhexen-Psychoanalyse womöglich, wo es doch eher um die der Funkenzünfte und -zünftler ginge. Ob dieser mediale Auftritt wirklich nötig ist, fragt sich Ibele im Stillen. Obwohl: Nach einem kürzlich via Fernsehinterview erfolgten Bekenntnis zur praktizierten Zivilcourage glaubt Ibele im berühmten Psychiater eventuell doch einen Verbündeten im Kampf gegen Verbrechen und kriminelle Gedankenlosigkeit gefunden zu haben. »Wo kommen wir denn da hin, wenn ...«, war die mehr als symbolhaft dreimal wiederholte, im Ansatz vielleicht in einen Hauch von Überheblichkeit gehüllte Klage des Mediziners gewesen. Oder täuscht sich Ibele hier? Als Abwehr einer bösartig hanebüchenen Verunglimpfung seiner gerichtlichen Gutachtertätigkeit formulierte der Professor sein *Wo kommen wir denn da hin, wenn ...* man die Wahrheit oder das, was man dafür hält, nicht mehr sagen darf! Damit hat Dr. Hallmüller dem Philosophen in Ibele aus der Seele gesprochen. Die Wahrheit zu sagen oder zumindest sie suchen zu dürfen, das ist wohl die Grundlage aller Zivilisation und Gesellschaft, stimmt Ibele zu. Denn wir werden den Geldmenschen, Gaunern und Geschäftemachern das Feld nicht kampflos überlassen!

Kurz entschlossen verabredet sich Ibele telefonisch mit seinem Kollegen Karl am Dornbirner Bahnhof, wo er sich eine knappe Stunde später zu ihm in den Dienstwagen setzt und Baldreich zum Funkenplatz im Oberdorf dirigiert.

»So, Inschpecktrrr! Iatz los ma zua! Da Dozenhåckrrr kimmt!«, poltert Baldreich gleich drauflos, augenzwinkernd eine einst überaus populäre Radiosendung paraphrasierend. Sie stammt aus den Vor-Fernseh-Zeiten, als auch regionale Radiosendungen zu geradezu unglaublichen Einschalt- und Bekanntheitsquoten auflaufen konnten. Ein schelmisches Grinsen liegt über Baldreichs Asketengesicht. Da steht einer mit beiden Beinen fest auf dem Boden. Diese Festigkeit verdankt Baldreich hauptsächlich seiner vertikalen Orientierung, wie Ibele das für sich nennt. Denn Baldreich, das hat Ibele in einigen längeren Gesprächen und bei einem Wochenend-Besuch in Baldreichs Tiroler Heimat, einer richtigen Bergdoktor-Idylle auf einem sonnigen Plateau hoch über dem Inntal, festgestellt, Baldreich nimmt sich selbst nur gerade so wichtig, dass er sich nie den Blick auf seine Umgebung verbaut. So vermag es seine Wahrnehmung trotz scheinbarer Weltfremdheit immer wieder, ans Hellseherische zu streifen. Den Ruf eines Detailkrämers trägt Baldreich daher völlig zu Unrecht. Seine wahre Domäne sind die großen Gesetze des menschlichen Handelns, um nicht gleich zu sagen: der Seele. Doch er weiß auch, dass ihm gerade das Episodische entscheidendes Anschauungsmaterial liefert. Berührungsängste darfst du halt keine haben!

»Was ist los da oben, Karl, bei den Häfeles?« Ibele spürt, dass dieser Kollege auf der gleichen Wellenlänge und Höhe mit ihm denkt; noch einer, der sich so leicht nicht täuschen lässt. Wenig Menschliches ist ihm fremd.

»Der LKW-Chauffeur, der die Hexe auf den Funken gehoben hat, ist ein an sich harmloser, aber komplett überdrehter Bursche. Fragen, die nichts mit seinem LKW zu tun haben, hört er einfach nicht. Er hat mich sage und schreibe eine Dreiviertelstunde lang zugetextet mit Informationen zu seinem neuen Lastwagen! *Mein Laster*, das klingt bei dem mindestens wie *meine Frau* und *meine Mutter* zusammen. Der kennt sonst nichts in seinem Leben und würde alles für seinen Chef tun, der ihm dieses Zauberding gekauft hat. Mir schwirrt immer noch der Kopf vor lauter *Actros, BlueTec, PowerShift, four-wheel-motion, offroad, Xenon, V8, PS* und was weiß ich noch alles! Sogar hineinsitzen habe ich müssen in das Ungetüm und mir den Sound der acht Zylinder anhören! Bei der Vorführung des Truckerkalenders habe ich mich dann ausgeklinkt! Also: Der Sperger, so heißt der Fahrer, hat gestern Vormittag die Hexe auf den Funken gehievt. Wie ihm der Häfele gesagt hat, ist sie fertig kostümiert und präpariert hinter dem Baucontainer mit den Getränken auf einem Bretterstapel gelegen. Er hat sie mit der Kranschaufel am Kragen gepackt und an den vormontierten Haken ganz oben an der Mittelstange des Funkens aufgehängt. Gut zwölf Meter hoch.«

»Und da ist ihm gar nichts aufgefallen, abgesehen vom LKW-Sonntagsfahrverbot? Der hat nicht gemerkt, dass da ein Mensch an seinem Kran baumelt? Das gibt's doch nicht!«

»Doch, Inspektor, das gibt's. Wenn der Sperger den Motor einschaltet und gar noch den Kran aktiviert, versetzt es ihm sein Hirn in einen ganz bestimmten Modus; da nimmt er dann keinerlei emotionale oder womöglich soziale Phänomene mehr wahr. Er wird zu einem Teil der Maschine, möglichst perfekt, aber ebenso willenlos. Wenn du mit 500 PS herumkurvst, brauchst du kein Hirn mehr und ein Herz schon gar nicht! So muss es auch am Sonntag gewesen sein. Und dem Kran ist es wurscht, ob da ein Mensch oder eine Puppe hängt, der schwingt auch mühelos ein paar Tonnen durch die Gegend.«

»Wie lang soll denn der Bäcker schon dort gelegen haben?«

»Der Sperger sagt, er hat ihn, das heißt die Hexe, am Samstag früh bereits dort liegen gesehen, als er mit seinem Actros zusätzliches Holz zum Funken gefahren hat.«

»Mit seinem was?«

»Entschuldigung, mit seinem Lkw, der heißt Actros, das Mercedes Spitzenmodell …«

»Wen hat er nun gesehen: den Bäcker oder die Hexe?«

»So genau wird er nicht geschaut haben. Aber er sagt, es war die Hexe, mit ihren bunten Fetzen, dem spitzen Hut und all dem Zeug. Und rundum das Stroh, mit dem sie ausgestopft war. Genau so, wie sie auch am Sonntag noch dort gelegen ist.«

»So, das ist doch seltsam! Wie kommt der Bäcker in dieses Hexenkostüm? Seit wann liegt er dort? Warum liegt der mindestens einen Tag und eine Nacht lang an derselben Stelle und rührt sich nicht? Und wenn er schon tot war am Sonntagmorgen: seit wann? Einen Tag lang? Zwei? Wer weiß davon? Hast du ihn auch gefragt wegen der fehlenden Finger?«

»Ja, richtig: Der Sperger sagt, er hat versucht, die Puppe schön gerade an den Haken zu hängen und dazu mit der Schaufel an den Ärmeln oder eben Händen herumgezupft. Dabei kann leicht so ein Fingerchen dran glauben müssen.«

»Dann wissen wir also halbwegs, wie der Bäcker da hinauf gekommen ist. Das Warum allerdings interessiert mich noch mehr! Und hauptsächlich: Wer hat ihm das eingebrockt?«

Für das alte Haus in der Hinteren Achmühle Nr. 14 fällt heute nur ein kurzer, wehmütiger Gedanke ab. Dafür hat Ibele ein schärferes Auge für die anderen Bauten an der Straße. Villen aus mehreren Jahrzehnten säumen die gut ausgebaute Bergstraße aufs Bödele. Eine monumentale, holz- und steingewordene Architekturgeschichte des privaten Wohnens bekommt er zu Gesicht. Der neueste Schrei, zumindest in den besseren Kreisen, geht nach Beton und Glas, nach kubischen Formen und holzgetäferten Schachteln. Was Ibele im gleißenden Sonnenlicht zu Gesicht bekommt, wirkt kühl und elegant, teuer und ungemütlich. Bei allem aufgesetzten Understatement quillt die Protzerei aus jeder Ritze und jeder Fuge. Das Angebertum feiert fröhliche und vor allem kostspielige Urständ'. Aber was soll's! Geld regiert nicht nur die große schlechte Welt, es gibt auch im kleinen, sauberen Vorarlberg den Ton an.

Am Brandplatz ist es ruhig, ein paar Männer sind damit beschäftigt, das halbverkohlte Zeug auseinanderzureißen und die Verkaufsstände abzubauen. Der Autoverkehr hinein in den Bregenzerwald rollt in auffälliger Dichte. Möchte man hier wohnen, so auf dem Präsentierteller, mit dem Straßenlärm den ganzen Tag? Da ist Ibele sein schattiges Thalbachgässchen doch noch lieber. Was der Inspektor hier heroben noch zu finden hofft, erkundigt sich Baldreich. Inspiration? Ibele klettert ein Stück weit den bergseitigen Hang über der Straße hinauf, eine steile Wiese, auf der sich im Schatten einiger alter Apfel- und Birnbäume der Raureif den ganzen Tag über hält. Die Sonne steht noch ein gutes Stück über dem Säntis. Wie lang ihr Weg schon wieder geworden ist! Ob's wahr ist, dass es noch einmal Winter werden soll? Im leichten Dunst liegt das Rheintal wie eine Märklinlandschaft ausgebreitet. Autos und Züge, Häuser und sogar der See weit hinten im Westen: Alles schaut aus wie Spielzeug. Und wie im Spiel scheint alles ohne Zweck und Ziel zu geschehen. Aber hinter Bäckers Tod steckt offenbar ein brutaler, ganz und gar nicht spielerischer Zweck. War es wirklich Mord? Was eigentlich sonst soll es gewesen sein! Mit welchem Motiv? Oder war der arme Bäcker zur falschen Zeit am falschen Ort? Sicher, die Nächte sind bitterkalt derzeit, wenn der in seinem Rausch dort einschläft, ist er tot, wenn er aufwacht. Hat vielleicht jemand nachgeholfen? Wem war der arme Tropf im Weg? Wer hat etwas davon, wenn er tot ist? Und das heißt vor allem: Wer hat ihn in das Kostüm gesteckt? Geschah es, um damit Spuren zu beseitigen oder wenigstens eine falsche Fährte zu legen? Da fällt Ibele wieder die Testamentsgeschichte ein. Er kehrt über die Wiese zurück zu Baldreich, sie steigen in den Dienstwagen, der vor einer in den Hang hinein betonierten pompösen Villa neben einem Porsche parkt und hier etwas mickrig wirkt. Sei's drum. Just hinter dem Oberdorfer Schulhaus biegen sie links in die Kirchengasse ein. Hier liegt, eine Viertelstunde Fußmarsch vom Funkenplatz entfernt, Bäckers letzter Wohnsitz. Auf Ibeles wiederholtes Läuten tut sich nichts. Endlich öffnet sich im Haus gegenüber ein Fenster und die Kriminaler erfahren, dass die Frau Ulmer nicht zuhause sei, »sie spielt Skat im Café

Mehringer, wie jeden Montag …« Dort wird man sie heute nicht stören. Baldreich kann sich gleich morgen früh um Bäckers Hinterlassenschaft kümmern. Für heute ist fast schon Feierabend. Man merkt's am stadtauswärts fließenden Verkehr in Richtung Bregenz: Feierabendverkehr. Nur dass der mit Feier nichts zu tun hat, eher mit Ärger.

Im Kommando herrscht Ruhe. Der General ist außer Haus. Ibele räumt seinen Schreibtisch auf. Die gute Toni Hagen schickt sich an, zum Bus zu gehen. Schluss mit den Lovern, die im Cabrio vorfahren. Nicht nur weil Winter ist. Antoinette hat zu sich gefunden, nun ist der Bus schnell genug. Und umgezogen ist sie auch: Von der Mama in Lustenau herauf nach Bregenz, in eine schicke kleine Wohnung am Waldrand, da kocht sie sich jetzt allabendlich biologisches Slow Food und Fleisch von einst glücklichen Tieren, schaut sich im nahegelegenen Theater zeitkritische Stücke an oder liest in den gesammelten Geschichten von Inspektor Maigret. Letzteres übrigens geht tatsächlich auf Ibeles Konto. Der Inspektor versinkt in seinem Sessel, Baldreich legt ihm einige überfällige Akten zur Unterschrift vor und geht zurück in sein Büro, macht noch einmal kehrt und knipst bei Ibele das Licht an. Das hätte der jetzt gar nicht gebraucht. Denn was ihn im Moment beschäftigt, spielt sich sowieso in großer Ferne ab. Dort, wo das Licht der Energiesparlampen nie und nimmer hin- und erst recht nicht herkommt. Ibele verabschiedet sich bald von Baldreich, der mit einem juristischen Fachbuch an seinem Schreibtisch sitzt. Eigentlich tut Ibele das hauptsächlich, um das »Pfiat di Gott, Inspektor!« des Kollegen zu hören. Nicht nur weil es so schön deftig, um nicht zu sagen *speckig* klingt, auch um der sympathischen Wärme willen, die ihm aus den Worten entgegenkommt.

In zielloses Nachdenken versunken schlendert der Inspektor durch die noch belebte Innenstadt heimwärts. Zuhause ist alles ruhig. War nicht Besuch angesagt für heute? Sollten nicht die Enkelkinder bei den Großeltern übernachten? »Doch, sollten sie«, begrüßt Rösle ihren Gatten mit dem rituellen Kuss und einem außertourlichen neckischen Lächeln, »aber sie haben Läuse mitgebracht aus dem Kindergarten und werden nun von der leicht hysterischen Mutter daheim unter Quarantäne gestellt.« So kommen Ibeles wieder einmal zu einem echten, klassischen Kino-Montag. Plan B gewissermaßen! Was soll man sich ansehen? Riesig groß ist die Auswahl nicht, auch wenn Ibele gelernt hat, seine Ansprüche nicht gar zu streng nach dem auszurichten, was kinomäßig in den goldenen 1970er-Jahren geboten wurde. Aber nein, der aufgedonnerte Heimatfilm des so genannten Rockprofessors vermag Ibele dennoch nicht zu locken. Zu tief misstraut er den Alleskönnern, besonders den selbst ernannten, die mühelos vom Hitparadenstürmer zum Bestsellerautor und schließlich zum Filmemacher mutieren. Da geht unserem Inspektor doch einiges gewaltig wider den Strich. Wenn Ibele ins Kino geht, muss es schon etwas Solides sein, etwas, das mehr Zug ins Leben bringt. Da kommt ihm ein schöner kleiner Musikfilm gerade recht. Auch das Rösle ist begeistert. Spielt der Film doch teilweise in Paris, und genau dorthin wird sie in wenigen Tagen mit ihrer alten Hutterer-Freundin fliegen. Außerdem schmilzt sie schon bei der Erwähnung von Tschaikowskys Violinkonzert, das in dem Streifen eine prominente Rolle spielt, förmlich dahin! Das *Forster-Kino* gibt es natürlich nicht mehr, aber auch das *Metro*, drunten im Vorkloster, verströmt eine gute Portion alte Kino-Seligkeit. Der Film hält dann auch, was er verspricht, kann sich sogar einiges an Pathos erlauben, ohne platt zu werden. Das ist Kino zum Auf- und Durchatmen!

In trauter Stimmung setzen sich Ibeles danach auf ein gepflegtes Glas Wein in den romantischen, von zahllosen Kerzen illuminierten *Seehof*. Sie trinken Philipps *Stadtwein*, wie ihn der Patron launig nennt, und naschen von seinen berühmten Erdnüssen. Im *Seehof*-Glashaus versammelt sich allabendlich eine bestens bestallte Klientel und zelebriert in gekonnt dialektischer Manier die Zugehörigkeit zu den Unzugehörigen. Immerhin hört Ibele hier die ersten halbwegs menschlichen und nicht nur floskelhaften Kommentare zum Dornbirner Funken-Unglück. Mit Genugtuung stellt er fest, dass Bäcker hier über seinen Tod hinaus als Mensch gesehen wird, dessen Schicksal mehr als nur oberflächlichen Voyeurismus auf den Plan ruft. Bald kehren Ibeles ins stille Haus zurück und begeben sich zu Bett. Wenn Ibele ehrlich zu sich selbst ist, und das ist er, denn: »Wir lügen woanders, aber nicht vor uns selber«, wie eine seiner liebsten Weisheiten lautet, wenn er also ehrlich ist, schläft es sich einfach wunderbar ein an Rösles Seite, so wunderbar wie nirgends sonst! Kaum ist der zarte Hauch von Rösles Gutenachtkuss verweht und bevor der Inspektor es sich recht versieht, fallen ihm auch schon die Augen zu, sodass keine Zeit mehr bleibt, sich zu sagen: »Ich schlafe ein.« Dabei würde er doch genau diesen Moment so gerne einmal erwischen! Oh Augenblick!

Aber der Gerechte ist Gluth und Kohle.
FRIEDRICH WILHELM NIETZSCHE

Fair is foul and foul is fair

Nicht weniger magisch als der Moment des Einschlafens ist für Ibele allmorgendlich das Erwachen, dieses nur Sekundenbruchteile währende und dabei so mühelos mit Welten jonglierende Sich-Orientieren in Raum und Zeit. Meist ist es dann der Duft des von Rosalia frisch gebrühten Kaffees, der Ibele punktgenau in den neuen Tag und seine gewohnte Welt platziert. Spätestens aber geschieht das beim zweisamen Frühstück mit seiner Frau, ohne Radio und im Normalfall auch ohne Zeitung, begleitet nur von einigen achtsamen Gesten und wenigen, den kommenden Tag organisierenden Worten.

Bei seinem wie gewohnt überpünktlichen Eintreffen im Kommando liegt auf Ibeles Schreibtisch demonstrativ aufgeschlagen der aktuelle *Vorarlbergbote*. Kaum sitzt der Inspektor, lugt der General um die Ecke wie ein Kobold, zeigt auf die fett betitelte Seite und ruft Ibele mahnend zu: »Les' er das!« Es handelt sich um die gestern angekündigte Stellungnahme des Landesoberpsychiaters zur missglückten Dornbirner Hexenverbrennung. Und was ist das jetzt? Irgendetwas zwischen vermutetem Täterprofil und virtuellem Steckbrief inquisitionärer Hexenjäger quer durch die letzten zehn Jahrhunderte. Ibele wundert sich gehörig: Der Herr Professor scheint den magischen Blick für das Böse gepachtet zu haben. Aber immerhin: Wieder hat er es nicht versäumt, seine Wo-kommen-wir-denn-da-hin-wenn-Polemik einzuflechten. Nicht dass man ihm so ganz Unrecht geben könnte: Wo kommen wir wirklich hin, wenn gar nichts mehr heilig ist? Nicht einmal etwas an und für sich so Unheiliges wie ein alter Volksbrauch!

Karl Baldreich hat sich bereits mit Bäckers Nachlass befasst. Das heißt, er hat mit seiner Zimmerwirtin Frau Ulmer telefoniert. Das ist eine hochbetagte Dame, Zolloberrevisorswitwe in Amt und Würden, die in ihrem gediegenen und geräumigen Haus in der stillen Kirchengasse Zimmer an alleinstehende Herren vermietet. »Nur Herren!«, wie sie betont. Die alleinstehenden Damen haben offenbar kein Anrecht auf die Gnade der Ulmerschen Fürsorge. Die gute Frau ist ob des gewaltsamen Ablebens ihres längstgedienten Mieters völlig aus dem Häuschen; aber doch nicht so, dass sie nicht ausführlich berichten könnte über Art und Umfang seiner Hinterlassenschaft. Nein, Testament hat sie keines gefunden in Bäckers Sachen, weit und breit nicht. Hat sie denn danach gesucht? Ja, gesucht schon, erwidert sie ohne den leisesten Anflug von schlechtem Gewissen. »Und was geht Sie Bäckers Testament eigentlich an?« Baldreich kann, wenn es darauf ankommt, im Handumdrehen vom Traumschwiegersohn zum abgebrühten Ermittler werden.

»Na ja, es wäre doch … man weiß ja nicht … vielleicht hat er ja …« »Oh verdammt«, fasst Baldreich die Aussage der Witwe für seinen Vorgesetzten zusammen, »dieses Testamentszeug macht sie alle verrückt!« Wirklich gefunden hat die Dame dann neben ein paar aus der Mode gekommenen Anzügen und Krawatten, schiefgelaufenen Schuhen und alten Hüten nur eine Schachtel voller Medikamente und eine andere mit Fotos. Die Medikamente wird man sich anschauen müssen, die Fotografien anschauen wollen.

Fräulein Hagen legt Ibele aufmunternd den Obduktionsbericht vor, den endgültigen diesmal. Eine schöne Portion Koketterie ist der Toni geblieben, augenzwinkernde Koketterie; Koketterie, die es zuerst auf sich selbst abgesehen hat. Die steht ihr dafür ausnehmend gut! Der Obduktionsbericht: Das ist nun doch brauchbareres Material als der populistisch palavernde *Boten*-Text des Doktor Hallmüller. Bäcker war, steht da zu Ibeles nicht geringem Erstaunen in nüchternem Medizinerdeutsch, bereits längst tot, als der Sperger ihm am Sonntag mit dem Kran an die Gurgel gegangen ist und ihn auf den Funken gehievt hat. Er ist an Unterkühlung und diversen Erfrierungen gestorben. Außerdem war er zum Zeitpunkt des Todes schwer alkoholisiert, ein Wert jenseits der zwei Promille wird supponiert. Zusätzlich zirkulierte eine beträchtliche Dosis starker Schlaf- und Schmerzmittel in seinem Blut. Der Todeszeitpunkt liegt vermutlich schon in der Nacht von Freitag auf Samstag! Der Teufel soll mich holen, denkt sich Ibele, wenn da nicht jemand nachgeholfen hat! Aber wer? Der Baumeister! Warum sollte er?

Wenige Minuten später sitzt Ibele mit Inspektor Baldreich im Auto und fährt durch den wolkigen, froststarren Vormittag Richtung Dornbirn. Irgendwas liegt in der Luft. Sehr lange dauert es sicher nicht mehr und dann kommt der Schnee. Morgen vielleicht. Es hat also nicht so recht funktioniert mit der Austreibung des Winters. Wen wundert's! Im Vorbeifahren holen sie in der Kirchengasse die beiden Schachteln mit den Medikamenten und den Fotos bei der Oberrevisorswitwe ab. Die Gerichtsmedizin interessiert sich für erstere, Ibele für letztere. Wenn da nicht ein paar schöne Bilder der jungen Frau Häfele zu finden sind! Das Abholen jedoch ist leichter und vor allem schneller gesagt als getan, denn die Frau Ulmer würde den beiden Herren nur zu gern ihren persönlichen Nachruf auf den Verblichenen halten. Weil das eher auf eine Lobpreisung ihrer eigenen Qualitäten und Nöte als Hausfrau hinausläuft, macht Ibele denn auch kurzen Prozess und nimmt Reißaus. Bei einem weiteren Zwischenstopp, wenn man denn schon in der Gegend ist, bringt Ibele seinen Taschenfeitel in die Schillerstraße zu den Wohlgenannts, noch immer die erste

Adresse für Messerschleiferei und einschlägiges Werkzeug. Auch Blutorangen wollen mit scharfer Klinge geschlitzt werden! Auf dem verwinkelten Bauhof der Firma Häfele ist vorerst kein Mensch zu sehen, nur das Tor des Bürogebäudes steht weit offen. Etwas überrascht oder gar indigniert empfängt der Baumeister die zwei von einer molligen Empfangsdame grantelnd vorgeführten Männer in einem großen und auffallend elegant möblierten Raum.

Ibeles ohne lange Umschweife vorgebrachter Aufforderung, über den Toten zu erzählen, folgt Häfele nach einem kurzen Räuspern und einer Art Gedenkminute bereitwillig. Ibele hört ihm konzentriert zu, das Kinn auf die Hände, die Ellbogen auf die Knie gestützt. In die Ergebnisse des Obduktionsberichts weiht der Inspektor den Funkenmeister vorläufig lieber nicht ein. Was in diesem Zusammenhang noch zu erwähnen wäre, aber selbst Ibele erfährt davon erst in ein paar Stunden: Die Medikamente in Bäckers Blut stammen wirklich aus der in seinem Zimmer gefundenen Schachtel. Trotzdem sind sie durch fremde, durch unbefugte Hände gegangen, bevor sie den Weg in den Kreislauf des Toten gefunden haben, denn auf der Schachtel sind viele Fingerabdrücke, nicht nur die der Frau Ulmer, auch die des Baumeisters!

»Der Wilfried und ich, das war einmal ein tolles Gespann! Das ist gut fünfunddreißig Jahre her. Zuerst sind wir uns in der Schule und dann geschäftlich begegnet. Ich erinnere mich genau, es war 1975: Während in jenem heißen Sommer alle vom *Weißen Hai* geredet haben und in den Schwimmbädern oder an den Baggerlöchern herumgesessen sind, haben wir viele Stunden und halbe Nächte über Grundbuchsauszügen und Plänen verbracht und einiges an feinem Whisky versoffen. Der Wilfried hat drunten im Ried großen Besitz geerbt gehabt.« Da kann er schon wieder lachen, der Baumeister, wenn auch etwas schmierig.

»Geerbt von wem?«, hakt Ibele nach, denn das Stichwort *erben* lässt er sich nicht entgehen. Abgesehen davon fällt ihm bei der Erwähnung des Weißen Hais eines seiner bis heute stärksten Kinoerlebnisse ein, das aus demselben Jahr stammt: Stanley Kubricks »Barry Lyndon«, ein dreistündiges Epos, ein faszinierendes Kaleidoskop menschlicher Leidenschaften. Noch sagt ihm kaum etwas, wie nahe gerade diese fürchterliche Geschichte an Bäckers und Häfeles damalige und jüngere Machenschaften herankommt. Die in eher gelangweiltem Tonfall vorgebrachten Erklärungen des Baumeisters holen den Inspektor schnell zurück in die Gegenwart. Schluss mit barocker Pracht, mit Antonio Vivaldi und Franz Schubert, mit rauschenden Festen und herrlichen Roben.

»Geerbt hat er von ein paar Tanten, Halbschwestern seiner Mutter, um genau zu sein. Das waren geborene Mayer mit früher großen Landwirtschaften. Man erbt in diesen Kreisen zwar nicht nur Böden, wie ein oft gehörtes Bonmot lautet, aber eben auch! In den 1960er- und 70er-Jahren wurden diese Grundstücke von den Kommunen dann nach und nach zu Bauland umgewidmet und Bäcker hat sie zu Wahnsinnspreisen mit heute unvorstellbaren Gewinnen verkauft. Er hat halt auch die richtigen Leute in der Stadtvertretung gekannt!« Häfele lehnt sich zurück, als hätte er seinen Beitrag nun geleistet. In aller Seelenruhe zündet er sich eine lange, dünne Brissago-Zigarre an, so als sei er hier der Kommissar! Nur ein kaum sichtbares Zittern des Streichholzes in seiner Rechten spricht eine andere Sprache.

»Und wie ist es dann weitergegangen mit Ihnen beiden?« Für Ibele wird es erst jetzt interessant.

»Über den Verkauf seiner Böden sind wir ins Geschäft gekommen. Ich habe mir damals einen Namen gemacht mit dem Bau von Einfamilienhäusern und schon bald mit den ersten kleinen Wohnanlagen. Später hat sich dann unser Kontakt auch ins Private hinein verlängert. Frisch verheiratet, wie ich war, mit einer reichen Frau aus einer alten Dornbirner Fabrikantenfamilie, hat mir der Lebensstil des

Bäcker mächtig Eindruck gemacht. Und meiner Frau noch mehr, aber das ist ein anderes Kapitel.«

»Erzählen Sie doch ein wenig von Ihren Gemeinsamkeiten, Herr Häfele!«

»Wir waren jung und übermütig, Geld hat fast keine Rolle gespielt. Teure Lokale, nobles Essen, damals in Hubers »Zoll« in Bregenz, im »Real« in Liechtenstein oder in der »Kronenhalle« in Zürich, Tennis spielen, ein paar Ausflüge an die Côte d'Azur im Ferrari und solche Scherze. Der Bäcker war ein echter Aufsteiger, sein Viehhandel im großen Stil und die hoch subventionierte Schlachterei haben Geld ohne Ende abgeworfen. Dabei war er extrem fleißig und begabt, hat ein goldenes Händchen gehabt im Umgang mit den Bauern und mit den Beamten. Andererseits war er völlig unbeholfen in Geld- und eigentlich in allen Angelegenheiten sowie total schüchtern und verunsichert Frauen gegenüber. Schöne Frauen hat er verehrt wie andere die Gottesmutter; auch mei ...« Hier verstummt Häfele, der sich wohl ein wenig verplappert hat vor lauter Ferrari, Kronenhalle und Côte d'Azur. Hektisch saugt er an seiner verlöschenden Zigarre. Obwohl Ibele die Fortsetzung kennt, lässt er nicht locker.

»Bis sie was?«

»Na halt ... bis sie, das heißt eigentlich bis er ... Bis ich ... Verdammt nochmal, bis ich draufgekommen bin, dass die beiden was haben miteinander. Da war dann Schluss mit lustig. Die Geschäfte sind weitergelaufen, das habe ich mir nicht mehr anders leisten können, aber privat war's aus. Der Bäcker hat auch mit seiner Metzgerei Schiffbruch erlitten und ist völlig abgesackt. Eine Großmetzgerei und der Wilfried: Ich weiß ja nicht, was im Grunde weniger zueinander passen könnte! Ganz klar war es zwar nicht, was da alles gelaufen ist mit der Firma und wo Wilfrieds Geld geblieben ist. Er hat sicher einiges auf der Seite gehabt, in der Schweiz vielleicht. Offiziell war er total pleite, ein paar Groschen Arbeitslosengeld und Notstandshilfe; er hat sich auch ganz zurückgezogen von allen und allem. Unter der Hand habe ich ihm immer wieder geholfen mit ein paar Scheinen, wissen Sie. Aber sehen lassen wollte ich mich mit ihm nicht mehr. Eh logisch, oder?«

»Wie erklären Sie sich seinen tödlichen Auftritt als Funkenhexe?«, fragt Ibele nun unvermittelt in eine andere Richtung.

»Den erkläre ich mir gar nicht. Er war in der vergangenen Woche immer wieder oben beim Funken. Aber eher nur aus Neugier. Gearbeitet hat er so gut wie nichts. Das ist auch gar nicht mehr gegangen wegen seinem Magenleiden, er soll einen Tumor gehabt haben, einen bösartigen, sagt man. Vielleicht hat er sich im Rausch verkleiden wollen und ist dann in der Nacht erfroren.« So einfach soll das sein?

»Wann haben Sie ihn zuletzt lebend gesehen?« Das fragt Baldreich, der Pragmatiker.

»Am frühen Freitagnachmittag war ich kurz oben, als der Aufbau begonnen hat. Da war er dabei, in schlechter Verfassung, wie mir vorgekommen ist, hat auch dauernd über die Kälte gejammert. Wieder einmal war er ziemlich betrunken und aggressiv. Am besten ist es in so einem Fall immer gewesen, sich nicht um ihn zu kümmern. Am Samstag haben wir den ganzen Tag gearbeitet, doch kein Bäcker weit und breit.«

»Aber die Funkenhexe?«

»Ja natürlich, die Funkenhexe war da, die muss immer spätestens am Samstag fertig sein. Ich selbst habe sie am Freitag zum Funkenplatz gebracht.«

»Wer ist denn zuständig für die Hexe?« Ibele fixiert sein Gegenüber scharf. Häfele wirkt auch gleich nicht mehr gar so groß in seinem protzigen Chefsessel.

»Also die Funkenhexe, das macht seit Jahren der König, unser Hexenkönig, hahaha.« Das Lachen des Baumeisters ist hohl und unsicher, es klingt eher nach einem Hilferuf aus weiß Gott welchem Seelenabgrund herauf.

»Was ist das für ein König und wo finden wir den Herrn?«, reagiert Ibele kühl. Nach Humor ist ihm jetzt nicht zumute und nach dem des Häfele noch weniger.

»Das ist ein pensionierter Bundesheer-Unteroffizier, Sprengmeister und Waffenexperte. Die Hexe muss ja immer schön explodieren! Ich kann Ihnen gern seine Telefonnummer geben. Wahrscheinlich sitzt er in seiner Hütte ganz hinten im Gütle. Dass er dort einen Handy-Empfang hat, kann ich Ihnen aber nicht versprechen!«

Fürs Erste hat Ibele genug erfahren. Dass ihm das mit dem Hexenmeister nicht früher eingefallen ist! Ist er doch das Um und Auf des Funkens, hütet das geheimste aller geheimen Geheimnisse der Funkenzünfte, um nicht zu sagen ihr Heiligtum. Was den undurchschaubaren Baumeister betrifft, soll das Weitere dann der Nachmittag bringen, wenn Ibele in seinem Haus aufkreuzt. »Denn solche Typen«, erklärt er Baldreich auf dem Weg in die Innenstadt seine überraschende Philosophie, »solche Typen musst du in ihrem ureigenen Umfeld erwischen. Das Büro hier ist doch nur Fassade. Da spielt er den großen Baumeister und Zampano. Aber daheim sind sie wehrlos, dort stehen sie mit dem Rücken zur Wand. Du musst die Typen in den eigenen vier Wänden sehen, da kannst du schon aus der Dekoration und Möblierung, ja aus dem Geruch der Behausungen ihren Charakter ablesen wie aus einem offenen Buch. Die einen werden ganz klein und die andern rotzfrech; aber die einen wie die andern verraten alles. Am schnellsten und gründlichsten verraten sie das, was sie dir superschlau zu verheimlichen glauben. Das klingt vielleicht paradox, aber gerade das ist die Wahrheit.«

»Lass uns noch den König anrufen vor dem Mittagessen«, unterbricht Ibele seinen eigenen Exkurs abrupt. Der Sprengmeister meldet sich tatsächlich. Er sitzt im Gasthof Gütle; ja, der Inspektor kann kommen. Das klingt sehr freundlich, keineswegs so, als ob sich da jemand fürchten würde, wovor auch immer. So ändert Ibele seine Pläne und die Richtung und fährt die paar Kilometer der Dornbirner Ache entlang, an der Karrenseilbahn und am Schwimmbad vorbei, in das auf beiden Seiten dicht bewaldete, schattige Tal hinein bis zu der ehemaligen kleinen Industrieanlage Gütle. Das nach dem »Herrn König« befragte Schankmädchen im adretten, wohl geheizten und um diese Stunde spärlich besuchten Gasthof setzt ein zuvorkommendes Lächeln auf und weist mit dem Kopf nach einer der hinteren Gaststuben:

»Der Herr König sitzt am Kachelofen.« Sie scheint ihm den bevorzugten Platz von Herzen zu gönnen. Der ehemalige Unteroffizier hat noch viel von seiner beruflichen Ausstrahlung an sich. Entschlossenheit und Willenskraft gehen von ihm aus. Höchstens dass das stark pomadisierte und streng zurückgekämmte Haar eine etwas zu große Dosis Verbissenheit signalisiert, aber da will sich Ibele nicht einmal vor sich selbst festlegen. Auf jeden Fall sieht er sich einer kräftigen und gepflegten Erscheinung gegenüber, der ein weit geschnittener dunkelbrauner Cord-Anzug und ein bunt gemustertes Flanellhemd ein gewisses Flair von Bequemlichkeit, ja Lässigkeit verleihen.

»Gestatten, Chefinspektor Ibele, Inspektor Baldreich, Kripo Bregenz«, stellt der Inspektor sich und seinen Kollegen vor und nimmt auch schon mit einem förmlichen »Sie erlauben!« an Königs Tisch Platz. Der grüßt ebenso knapp wie höflich zurück und widmet sich vom polizeilichen Aufgebot unbeeindruckt weiterhin seiner Suppe. Schließlich schaut er die beiden Neuankömmlinge neugierig an.

»Was kann ich für die Herren tun?«, fragt er, allem Anschein nach ganz ohne irgendwelche Hintergedanken.

»Wir würden gerne wissen, wie Sie zu Ihrer eigenartigen Funkenhexe gekommen sind?« König nimmt einen Schluck von seinem Fruchtsaft und macht mit der Linken eine überraschend heftige, abwehrende Bewegung.

»Hören Sie mir auf mit der Funkenhexe, Inspektor!« Das kommt resolut, spontan, definitiv. »Mehr als dreißig Jahre lang habe ich Funkenhexen gebaut. Von A bis Z habe ich sie jedes Jahr selbst zusammengebastelt und zusammengenäht. Alle sind sie tadellos in die Luft gegangen, wenn man mich nur machen hat lassen. Einmal war ich im Spital, da haben sie einen zivilen Stümper geholt und was war? Gar nichts! Voll tote Hose. Was heuer passiert ist? Was weiß ich, keine Ahnung, was der Häfele sich einbildet. Der spinnt einfach!« Er schiebt die leere Suppentasse weit von sich in die Mitte des hölzernen Tisches, wo sie mit der Menage kollidiert. Die besteht, Ibele mag's kaum glauben, aus einem Salz- und einem Pfefferfässchen und einer dunkelbraunen Maggiflasche in ihrer typischen dickbauchigen Form mit dem langen, dünnen Hals und dem gelb-roten Etikett! Eine Maggiflasche! Die klassische Suppenwürze, das »gewisse Tröpfchen Etwas«, das einer ganzen Kindheit ihren charakteristischen Mittagsduft und Geschmack verliehen hat. Nicht nur, weil sie in keinem Haushalt und auf keinem Wirtshaustisch gefehlt hat, auch Ibeles Schulweg in der Bregenzer Vorstadt führte an der vor Jahren geschlossenen Maggifabrik vorbei, deren Duft für Ibele dort noch immer in der Luft zu hängen scheint!

»Aber, Herr König, wie darf man sich das vorstellen?«, fragt Baldreich und reicht die leere Suppentasse charmant lächelnd der Serviertochter. Natürlich ist es eine fesche, eine dralle Serviertochter mit zwei dicken, langen, blonden Zöpfen und einem kecken Lächeln um die himbeerrot bemalten Lippen, ganz zu schweigen vom voluminösen und gänzlich ohne – wie Ibele in vorbehaltloser Zustimmung befindet – unangebrachte Bescheidenheit präsentierten Dekolleté!

»Da komme ich am vergangenen Donnerstag mit der so gut wie fertigen Hexe zum Häfele. Und was ist? Heimgeschickt hat er mich, der blöde Affe! Er braucht meine Hexe nicht, hat er gesagt. Ich habe noch in seinem Büro alles hingeschmissen, die Hexe und ihre restlichen Kleider und bin fort. Mich sieht der nicht mehr auf seinem verschissenen Funken. Sicher nicht. Das habe ich nicht nötig!« Man glaubt es ihm aufs Wort. Die Kellnerin kommt schwungvoll auf den Tisch zu und stellt die Hauptspeise vor den Ex-Hexenmacher. Eine knusprig braune Bratwurst und eine Riesenportion schmalztriefender Bratkartoffeln, gekrönt von drei Spiegeleiern, deren Dotter von einem wahrlich unglaublich sonnenblumigen Gelb sind. Glücklich, wer solche Hühner um sich hat! Allerdings fehlt der übliche Spinat auf dem Teller. Seine Beliebtheit ist schwuppdiwupp in den Keller gesackt, seitdem es sich in den Küchen und Kinderzimmern herumgesprochen hat, dass der hohen Wissenschaft bei der Berechnung seiner gesundheitsfördernden Wirkung eine Zehnerpotenz verrutscht ist. Ibele läuft trotzdem das Wasser im Mund zusammen.

»Am Donnerstag, sagen Sie; und die Hexe war fix und fertig?«

»Fast fix und fertig, die Raketen und die Böller haben noch gefehlt, das baue ich immer erst am Vorabend ein, es ist zu gefährlich sonst bei all den Vollkoffern, die da durch die Gegend rennen. Aber angezogen und gestylt war sie so gut wie ganz. Es ist nicht so einfach, die richtigen Klamotten zu finden, wenn es eine echte Hexe sein soll und nicht einfach ein Strohbündel. Vom Hut bis zu den Schuhen waren meine immer perfekt! Schluss jetzt!«

»Sie haben die Hexe beim Häfele gelassen und sind gegangen? Sie sind auch nicht zum Funken gekommen?« Soll Ibele das glauben? Dann sitzt der Baumeister ja ganz tief im Schlamassel!

»Ja, der Häfele war immer ein Spinner, ein Angeber, dabei hat er alles von seiner reichen Frau; ich hab's halt gemacht, weil ich's gern tu. Aber jetzt reicht's mir. Zum Funken bin ich natürlich nicht, und ich geh sicher nicht mehr hin! Das Saufen ist eh wichtiger als alles andere! Das interessiert mich nicht!« Kein Wunder, dass Ibele eine gewisse Sympathie verspürt für den Mann. Fast möchte er sich zu ihm setzen und auch so etwas Leckeres verspeisen. Bratkartoffeln sind in der Kindheit zwei, drei Mal in der Woche auf dem Speiseplan gestanden, meist abends. Dazu gab es Kaffee, Kinderkaffee von Linde, der mit den kleinen Plastik-Indianern obenauf in der Packung. Ibeles waren dann, auch wenn es sich heute, gerade einmal eine Generation später, in den Zeiten von Pizzaservice, fast food und Kleinfamilie niemand mehr vorstellen kann, zu siebt um den Tisch herum gesessen, in dessen Mitte wie eh und je die gusseiserne und stets im Handumdrehen geleerte Bratpfanne stand.

»Die Kleider der Hexe, die dann auf dem Funken war, sind das die, die Sie in Häfeles Büro gelassen haben?« Baldreich scheint dasselbe zu denken wie sein Chef. Eine noch unbestimmte, gleichwohl unheilvolle Ahnung steigt in ihnen auf.

»Ich glaube schon, soweit ich das auf den Fotos in der Zeitung erkennen habe können. Zumindest der Hut, Stiefel und Jacke waren sicher von mir.«

»Schönen Dank, Herr König. Wir kommen vielleicht noch einmal mit den Bildern von der Leiche. Wo finden wir Sie am besten?«

»Über Mittag immer hier im Gasthaus. Sonst bin ich viel unterwegs, meist irgendwo im Wald. Dort habe ich meine Ruhe!« Trotz der etwas ruppigen Sätze von vorhin, geht von König mehr als alles andere eine heitere Gelassenheit aus. Darüber aber liegt ein hauchdünner Schleier von Unwillen, Abkehr und verhaltenem Zorn. Die Serviertochter, die soeben nach den Herren schaut, mobilisiert eindeutig die Gelassenheit im Sprengmeister, was Ibele mit Genugtuung zur Kenntnis nimmt.

Dreierlei vom Landjäger, Szene-Talk und Mohrenköpfe. Aber Vorsicht: Ihr seid belauscht …

Es ist jetzt allerhöchste Zeit für das Mittagsmahl der beiden Kriminalisten. Leicht ist es ihnen nicht gefallen, die Bratkartoffeln auszuschlagen und den auskunftsfreudigen Waldmenschen unbehelligt zu lassen. Seine Neugier führt Ibele in eines der jüngsten In-Lokale der Stadt, das sich demgemäß auch In-Auer nennt. Des Inspektors Neugier ist nie nur kulinarisch, aber seit dem kometenhaften Aufstieg des Restaurants in den Vorhof des Schlemmerolymps geht sie zu einem guten Teil von seinem Magen aus. Ohne viel Aussicht auf Erfolg hält er nach einem Parkplatz Ausschau. Trotz der überteuerten Parkplatzbewirtschaftung, einer behördlich verordneten und kontrollierten Form der Wegelagerei, ist nichts zu machen. Aber ein brav freigehaltenes Park- oder Halteverbot findet sich immer. Wozu ist man schließlich bei der Polizei! Ohne allzu große Probleme ist ein freier Tisch im trendig designten, nicht ungemütlichen Lokal zu ergattern. Ein schlaksiger junger Kellner arbeitet flink, seine Präsenz ist so unauffällig wie unübersehbar.

Die beiden Männer sitzen über ihrer sehr kreativen Vorspeise, einem leicht manieristisch arrangierten Dreierlei vom Landjäger: Pastete, Spießchen, Gulasch, da lässt sich am Nebentisch ein top gestyltes Damenduo vom Typus Kleinstadt-Möchtegern-Businesswoman nieder. Ob er will oder nicht – aber er will eh – dringen Gesprächsfetzen des aufgeregten Zwiegesprächs an Ibeles Tisch. »… Funkenhex … Sauerei … Häfele … Erbschleicher …«: Genau das, worauf die Antennen des Inspektors gerichtet sind. Ibele und Baldreich verständigen sich wortlos über ihre für das rituelle »Zum Wohl« erhobenen Biergläser hinweg und spitzen die Ohren. Offenbar kocht in der Gerüchteküche bereits ein ganz schön scharfes Süppchen. Schon geht es weiter:

»... nur weil die Hämmerle-Puppe auf ihrem Geld sitzt wie eine Henne auf den Eiern!«, nuschelt die etwas Ältere und um eine entscheidende Nuance brisanter, um nicht zu sagen: verzweifelter Aufgemöbelte der beiden in ihre Prosecco-Bestellung hinein.

»Mein Gott, das weiß doch jeder, wer dort die Hosen anhat. Was muss der Depp aber auch in diesen Klüngel hinein heiraten!« Mitleid scheint hier keine besonders strapazierte Kategorie zu sein.

»Und du kannst deinen Kopf verwetten, dass da noch eine saubere Schweinerei zum Vorschein kommt, vielleicht eines von diesen gefälschten Testamenten!« Die Jüngere scheint es besonders genau zu wissen, unterstreicht das oder meint es zu tun, indem sie mit den gespreizten Fingern der Linken ihre Daliah-Lavi-Frisur durcheinanderwirbelt und dabei einen unmissverständlichen *Willst-du-mit-mir-gehn*-Blick in Baldreichs Richtung schickt. Den allerdings lässt der Inspektor an sich abperlen, als wär's Regenwasser auf frisch gewachstem Autoblech. »Der Häfele baut doch seit Jahren für alle möglichen Typen vom Gericht die schönsten Häuser und kommt an jeden Bauplatz! Das pfeifen nicht nur die Spatzen von den Dächern. Ich persönlich glaube ja«, sie senkt die Stimme auf Flüsterton, »also ich bin mir sicher, dass die Gstopfte mit dem Toten ... na du weißt schon. Der Bäcker soll eine klasse Partie gewesen sein, früher einmal. Und jetzt ist es dem Häfele zu blöd geworden und er hat ihn einfach verfeuert, hahaha.« Ein kehliges Lachen entblößt einen falschen Diamanten im Schneidezahn.

»Ja, genau, vor zwei Wochen erst hat mir die Susi, du kennst sie ja, die neue Flamme vom Tommy, hat mir Geschichten erzählt, das glaubst du nicht. Sie kennt nämlich den Geschäftsführer vom Häfele und der hat etwas mit einer Cousine von der Hämmerle. Im letzten Herbst, schwört die Susi, sagt der Tommy, soll die Hämm…« Noch bevor die Lauscher mehr von dieser so umständlich angelegten wie simpel gestrickten, aber dafür umso unverblümteren, von stetem Wimperngeklimper, künstlichem Geseufz und Gestöhn und geziertem Gackern begleiteten Gesellschafts-Analyse vernehmen, taucht der Gastgeber des Lokals am Tisch der Damen auf. Schlagartig verlagert sich das Gespräch auf den vergangenen feucht-fröhlichen Abend. Aus ist's mit Häfele und Co. So schnell lassen die beiden Weibchen nicht mehr ab von ihrem Kavalier, ist er doch einer der ganz großen Player in der lokalen Szene-Szene.

Hubsi, der hurtige Kellner, platzt mit der Hauptspeise mitten in Ibeles und Baldreichs verblüffte Sprachlosigkeit. Er serviert mit einem an Hintergründigkeit selbst die berühmte Mona Lisa übertrumpfenden Gesichtsausdruck den Hauptgang des wohlfeilen Mittagsmenüs: ein delikates Braumeisterbeuschel. Nach dem Verzehr der famosen Portion belohnt es die wackeren Esser mit einem politisch vielleicht nicht mehr ganz korrekten breitlippigen Mohrenkonterfei am Tellerboden. Hauptsache lecker. Zur Feier des Tages spendiert Ibele zwei Espressi. Sie werden in nachdenklicher Stimmung getrunken. In den Kriminalistenköpfen herrscht Hochbetrieb. Während Baldreich bald darauf mit dem Auto schnurstracks nach Bregenz zurückkehrt, verschafft sich Ibele beim kurzen Spaziergang ins Oberdorf Bewegung. Der rasch einfallende Nebel, in dem alle Konturen verschwimmen, kommt seiner Stimmung entgegen.Und siehe da: Mit der Bewegung kehrt Ruhe ein in seinem Denken. Man ersitzt sich eben seine Erfahrungen und Wahrheiten nicht, man ergeht sie sich!

Mit Speck fängt man Mäuse

Es ist gerade einmal kurz vor drei Uhr nachmittags, als Ibele bei Häfeles in der Oberdorfer Villa läutet. Ein wenig zu früh. Das Dienstmädchen mit dem bezaubernden Namen Zölestine öffnet das Haustor. Sie muss Frau Häfele entschuldigen, die noch mit der Schneiderin, pardon: Fashion-Designerin, beschäftigt ist. Ibele wird höflich und unter Angebot einer Tasse Tee in ein gar geräumiges Stübchen gebeten; dort lässt er sich auf einem protzigen dunklen Ledersofa nieder, Kolonialstil, nicht einmal unbedingt fehl am Platz in der gut und gern hundertjährigen Villa und ausgesprochen komfortabel. Durch ein breites vierflügeliges Fenster geht sein Blick hinunter auf die Stadt und durch den grauen Nachmittag ein Stück weit hinüber in die von Dunstschleiern weichgezeichneten Schweizer Berge. Aus einem Nebenzimmer dringen gedämpft geschäftige Frauenstimmen herüber. Die wenigen Worte, die Ibele versteht, lassen auf eine Kleiderprobe schließen, offenbar etwas Nöbleres, ein Ballkleid oder so. Es ist viel von Stickerei, Applikationen, Pailletten, Rüschen und Strass, von *Swarovsky* und *Hoferhecht* die Rede. Man scheint nichts auszulassen, was gut und teuer ist. Ibele erhebt sich und geht auf Zehenspitzen ein paar Schritte den Stimmen entgegen. So sehr er auch versucht, um die Ecke nach nebenan zu spähen, es gelingt nicht. Bis die Damen plötzlich wie aus dem Nichts aufgetaucht leibhaftig vor ihm erscheinen, den sie hier nicht vermutet haben, wie an ihren Gesichtern leicht ablesbar ist. Während sie ihn beinahe über den Haufen rennen, reißt der Inspektor die Augen weit auf. Frau Häfele steckt tatsächlich in einem bodenlangen, über und über bestickten und glitzernden, mit wildem Raffinement geschnittenen, seitlich bis beinahe auf Hüfthöhe geschlitzten, schulterfreien, wie hingehauchten kupferroten Abendkleid. Mein lieber Schwan! Die trägt da wohl einen Kleinwagen am verwöhnten Leib. Ibele glaubt sich in eine Haute-Couture-Modenschau versetzt. Neben Frau Häfele stelzt aufrecht die Schneiderin oder eben: Designerin. Ihr zuckersüßes Lächeln gibt Ibele das Gefühl zu schweben. Die Hausfrau fasst sich rasch.

»Oh, Herr Inspektor, Sie sind ein wenig früh. Wir haben noch eine kleine Anprobe absolviert.« Ibele hat sich vorab blitzschnell in den erstbesten Fauteuil gerettet und ebenso schnell wieder davon erhoben, steht jetzt gewissermaßen in parademäßiger Habtacht-Stellung vor den Damen. Die Hausfrau stellt vor:

»Siglindchen, das ist Herr Inspektor Ibele von der Kripo Bregenz. – Und das ist meine liebe Freundin«, ein kesses Küsschen auf die in dunklem Orange geschminkten Lippen unterstreicht die Aussage, »meine allerliebste Freundin und Schneiderin Siglind Mohs-Brugger, eine wahre Zauberkünstlerin, wenn es um textile Feuerwerke geht! Sollten Sie Ihrer Frau einmal etwas wirklich Aufregendes schenken wollen, sind Sie hier an der richtigen Adresse!«, doziert Frau Häfele schelmisch, während sie ihre so oder so wie angegossen sitzende Robe da und dort zurechtzupft und damit ihre berückendsten Effekte noch mehr in Szene setzt.

»Das glaube ich gern!«, erwidert Ibele und bekundet einige Mühe, seine Blicke auf der schlichtweg perfekten Gestalt vor ihm nicht allzu auffällig und unkontrolliert herumrasen zu lassen. Das helle Lachen in dem von brünetten Haaren keck eingerahmten, ebenmäßigen Gesicht mit den blendend weißen Zähnen scheint nicht zuletzt der eigenen Vollkommenheit zu gelten. Ein ansatzweise in Richtung

Trachtenlook weisendes, eng anliegendes erdfarbenes Kleidchen, dunkle, bestickte Seidenstrümpfe und Lackstiefelchen mit hohen Absätzen betonen, was zu betonen ist. Es kommt einiges zusammen im vorliegenden Fall. Scharf berechnendes Enthüllen, um nicht Entblößen zu sagen, und diskretes Verbergen der allerüppigsten Reize halten sich in genialer Weise die Waage. Himmelherrgottsakrament, nimmt Ibele schwungvoll Anlauf zu einer Erkenntnis, die sich ihm dann für den Moment doch wieder entzieht, bevor er ihrer habhaft zu werden vermag. Erst mitten in der folgenden Nacht, als er für Sekunden aus einem chaotischen Traumgebilde auffährt, das sich aus heroischer Beethoven-Musik, schwarz gekleideten Spanierinnen und mannshohen hölzernen Weinfässern zusammengesetzt, erinnert er sich an jenes überkandidelte 23jährige Bürschchen, das im Jahr 1903 an und durch sich selbst zugrunde gegangen ist, das heißt an seinem allzu gelehrten Unvermögen, von sich ab- und zu den Frauen aufzusehen. Menschenskind, raunt sich Ibele jetzt zu, und bringt die Geistesgegenwart auf, es laut auszusprechen: »Vielleicht kann die Gnädige Frau ja sogar für mich etwas kreieren!« Besonders auf das *Kreieren* ist er recht stolz, umso mehr, als es ihm ein glockenhell herausprustendes Lachen und einen fachfrauischen visuellen Ganzkörpercheck, ein Maßnehmen von oben bis unten samt einem mit filmreifem Augenaufschlag kommunizierten »Warum auch nicht!« einträgt. Wie der Falke im Sturzflug nach seiner Beute krallt Ibele nach dem hingehauchten »Ciao«, das ihm die schöne Schneiderin im Gehen über die Schulter zuwirft. Und lässt es doch bald als unbrauchbar wieder fallen: Kein Platz im Nest! Auch das überbordende Belmondo-Feeling, das für einen Augenblick die Herrschaft über ihn anzutreten im Begriff war, schüttelt Ibele kurzerhand und souverän ab. Nicht nur weil er im Dienst ist.

»Ich bin in fünf Minuten bei Ihnen, Herr Inspektor!«, reißt ihn Frau Häfele aus seiner Reflexion und weg sind die beiden. Ibele sinkt in das Sofa zurück und wundert sich, wie sang- und klanglos mitten am Nachmittag der Nebel die Sonne verschluckt und die riesigen Bäume im Häfeleschen Park sich in monströse, das Zimmer verdunkelnde Schatten verwandeln, denen Zölestine mit dem Anknipsen mehrerer kleiner Stehleuchten unverzüglich den Garaus macht. Danach bittet sie Ibele ins zirbenholzgetäfelte Esszimmer.

Dort wird eine üppige Jause kredenzt: Eingelegte Gurken, hauchdünn aufgeschnittener, mit schneeweißem Fett durchzogener Speck, alter Käse, ein frischer Guglhupf, kochend heißer Milchkaffee und – zu Ibeles erfreutem Erstaunen bietet ihm Zölestine eiskaltes Bier an. Eine kulinarische Achterbahnfahrt ganz nach des Inspektors Geschmack. Zu jedem der drei aufgelegten Gedecke gehört eine gesteifte feinleinene Serviette. Die Erlesenheit der nachmittäglichen Tafel jedenfalls erinnert ihn augenblicklich an den ersten Frankreichurlaub mit seiner Rosalia kurz nach der Hochzeit und die Einkehr bei einem burgundischen Drei-Sterne-Koch. Der hatte seine erlesene Kundschaft in einer großspurig der Speisekarte vorangestellten Präambel ausführlich darauf hingewiesen, welch allergrößten Wert er auf die einwandfreie Beschaffenheit der Materialien, die bei der Herstellung seiner Gerichte verarbeitet werden, legt und dass er – so wie Michelangelo acht Monate in den Bergen von Carrara verbrachte, um die vollkommensten Marmorblöcke für das Grabmal Julius' des Zweiten auszuwählen – regelmäßig selbst auf den Markt des kleinen Städtchens gehe, um sich die schönsten Teile Lendenstück, Rinderbraten und Kalbsfuß zu beschaffen. Ibeles Erkundung der weiteren Einrichtung bleibt an einem Wandregal mit altem Porzellan hängen, Teller mit märchenhaften Motiven aus Tausendundeiner Nacht. Zölestines Blick folgt dem des Inspektors und nimmt seine leicht ablesbare Bewunderung mit dem schlichten Stolz entgegen, den ein Künstler empfindet, wenn man mit ihm über sein Oeuvre spricht. An Zölestine wiederum fällt Ibele nach und nach etwas ihrem Namen gänzlich Zuwiderlaufendes auf. Ein fast unmerklicher, ein immanenter und damit im biblischen Sinn unschuldiger Hang zur Grausamkeit, zur Sünde, ist man zu sagen versucht. Eigenartigerweise kommt er offenbar jedoch nur dann zum Vorschein, wenn sie mit der Dame des Hauses zu tun hat. Der Baumeister wirkt in diese Richtung völlig unbeeindruckt, mehr noch: unbedarft, unbeteiligt; oder wie das fünfte Rad am Wagen.

Mein Gott, durchfährt es den Inspektor, als nach wenigen Minuten polternd der Baumeister aus einem Nebenraum eintritt, der passt hierher wie die Faust aufs Auge! Der Hausherr setzt sich nach einer knappen Begrüßung auf seinen angestammten Platz, der sich, wie Ibele schon nicht mehr ganz so überrascht zur Kenntnis nimmt, nicht an der Stirnseite des Tisches befindet. Dort nämlich lässt sich gleich darauf die Hausherrin nieder, nun in einem unauffälligen malvenfarbenen Kleid, das allerdings durch einen um die bloßen Schultern drapierten hellgrünen Kaschmir-Schal, dessen Preis in etwa Ibeles Monatsgehalt entsprechen dürfte, mächtig aufgepeppt wird. Eine gemütliche Nachmittagsjause hat sich Ibele bisher anders vorgestellt. Das hier erinnert von der Stimmung her in seiner Steifheit an ein Geschäftsessen mit erpresserischen Kunden oder gleich an eine Henkersmahlzeit. Wahrscheinlich würde ob des eisigen Schweigens zwischen den Eheleuten sogar der Kaffee erkalten und das Bier warm werden, ergriffe nicht Ibele endlich das Wort. Aber wie anfangen? Auf in den Kampf! So konfrontiert er den Baumeister mit den Resultaten der gerichtsmedizinischen Untersuchung und mit den Aussagen des abgedankten Hexenmeisters.

»Hören Sie mir auf mit dem König, Inspektor! Der ist doch nur sauer, weil ich seine Hexe nicht genommen habe!«

»Stimmt, aber warum haben Sie sie eigentlich nicht genommen? Sie war doch bisher immer gut genug!«

»Ich hätte, nein, ich habe sie ja eh genommen, wollte dem König nur ein wenig Druck machen. Seit seiner Pensionierung ist der Kerl schlampig geworden und eigenköpfig, sitzt zu viel im Gütle!«

»Also wie war das denn: Er hat Ihnen die Hexe gebracht und Sie haben ihn zum Teufel gejagt? Wie kommt dann der Bäcker in das Hexengewand und auf den Funken?« Mit welcher Atemlosigkeit und kaum verhohlenen Neugier die Fabrikantentochter diesem Dialog folgt, ist für Ibele um vieles spannender als die Reaktion des leicht durchschaubaren Funkenchefs. Gewittrig züngelnd und zugleich wie aus unendlicher Ferne kommend liegen ihre Blicke auf dem Ehegatten, der an diesem überdimensionierten Tisch seltsam unscheinbar bleibt. Er erinnert Ibele stark an den Prinzen von Dänemark. Nein, nicht an den berühmten Dramenhelden, der mit dem Totenschädel in der Hand über Sein oder Nichtsein räsonniert, *to be or not to be* rezitiert Ibele für sich, *ob's edler im Gemüt ...* Nein, er meint den Gemahl der aktuellen dänischen Königin, einen französischen Grafen, der seit seiner Heirat mit der Monarchin wenig mehr als Spott und Hohn seiner hochmütigen Untertanen auf sich zieht und es wohl schon tausendfach bereut hat, nicht auf seinem Familiensitz im Bordelais geblieben und sich dilettierend der Dichtkunst gewidmet zu haben!

»Schauen Sie, Inspektor, ich habe die Hexe gleich am nächsten Abend, es war am Freitag, vom Büro aus zum Funkenplatz gefahren und genau auf den Platz gelegt, von dem sie der Sperger am Sonntag weggekrant hat. Der König hätte dann noch das Sprengzeug einbauen sollen.«

»Sie haben also keine Ahnung, wie aus der Puppe der Bäcker geworden ist?«

»Nein, natürlich nicht, wie sollte ich!« Ein Seitenblick zu seiner Frau gleicht am ehesten dem Geheul eines geprügelten Hundes. Frau Häfeles Replik fährt durch den Raum wie eine glühende Klinge.

»Wann haben Sie ihn zum letzten Mal lebend gesehen?«

»Moment mal ... »

»Du hast ihn doch am Freitag früh abgeholt und bist zum Funken mit ihm gefahren, oder?« Frau Häfeles Stimme lässt keinen Zweifel daran, dass es sich hier nicht um eine Frage handelt. Er hat ihn abgeholt. Da hat er die Medikamente mitgenommen, denkt sich Ibele augenblicklich.

»Wieso weißt du das?« Die Hände des Baumeisters spannen sich um die gepolsterten Armlehnen. Ibele gönnt sich demonstrativ einen langen Schluck Bier, bevor er ein besonders fettes Stück Speck gründlich zerkaut.

»Ist es richtig, was Ihre Frau sagt, Herr Häfele?«

»Ja, natürlich ist es richtig. Ich habe ihn abgeholt zuhause und zum Funken gebracht. Es hat dort ein paar kleine Arbeiten für ihn gegeben, ein bisschen sägen und aufräumen. Ich bin nach einer halben Stunde wieder fort und war dann den ganzen Tag im Büro. Fragen Sie meine Sekretärin!« So weit klingt das ja glaubhaft und leicht zu überprüfen. Aber warum liefert der Baumeister gleich ein Alibi für den ganzen Tag?

»Wie ist der Bäcker nach Hause gekommen?«

»Was weiß ich! Er hat gemeint, er wird das schon richten. Ich bin ja nicht sein Manager und Kindermädchen hat er keines mehr gebraucht.« Häfeles Hände krampfen sich noch immer um die Lehnen, die Knöchel sind aschweiß und in seinen Augen liegt etwas unangenehm Lauerndes.

»Wir werden dem nachgehen und uns morgen bei Ihnen melden, Herr Häfele.« Ibele lehnt sich demonstrativ entspannt zurück, trinkt sein Bier aus, wischt sich den Mund mit der Serviette gründlich ab und erhebt sich.

»Ich darf mich empfehlen, Gnädige Frau, die Pflicht ruft.« Per Handschlag verabschiedet er sich von seinen Gastgebern und ist froh, der drückenden Atmosphäre in der ehrwürdigen Villa zu entkommen. Nur um den Speck und den Käse, die zurückbleiben, tut es ihm leid, und um die köstlichen Senfgurken. Ganz zu schweigen von der schönen Frau Häfele. Bevor er das tadellos in Schuss gehaltene herrschaftliche Grundstück verlässt, raucht Ibele unter einer riesigen Douglas-Tanne verborgen eine Gauloise. Wenn auch der Gärtner nicht der Mörder war, so kann er vielleicht Aufschluss geben über den Geist und die Dynamik in diesem Haus. Ibele kritzelt eine Notiz in sein schmales, schwarzledern gebundenes Büchlein. Mit der Gauloise kehrt die kurzfristig abhanden gekommene Gelassenheit zurück, diese Haltung, wie sie weltmännische Ganoven in frühen existentialistischen Filmen vermitteln, wenn sie, obwohl außer Atem und von Zigarettenrauch umweht, die Zügel des Lebens und der Liebe doch sicher in der Hand halten.

Auf dem Weg hinunter in die Stadt holt er sein bestens geschliffenes Taschenmesser bei den Wohlgenannt-Brüdern ab. Was weckt so verlässlich das Kind im Mann wie ein Taschenmesser, eines von den roten mit dem weißen Kreuz! Was gibt uns aber auch so verlässlich das Gefühl der Beständigkeit und der Jugend, als so ein seit der Kindheit vertrauter Gegenstand, dessen Unveränderlichkeit das eigene Altern scheinbar aufzuheben scheint! Kurz danach steht Ibele wieder vor der Tür der leut- und redseligen Zolloberrevisorswitwe. Wann sie ihren Mieter zum letzten Mal gesehen hat?

»Am Freitagmorgen, da ist er vor dem Haus in ein großes Auto gestiegen, das ihn abgeholt hat, ein silbernes.« Danach hat sie ihn nicht mehr gesehen. »Aber am Samstag in der Nacht hat es in seinem Zimmer rumort, ein Schubladen-auf und Schubladen-zu, Tür-auf, Tür-zu, dass es mir fast zu blöd geworden wäre, und dann ist er die Stiege hinuntergetrampelt, das hat er sonst nie getan mit seinem bösen Fuß! Hinter dem Haus muss er auch noch herumgegeistert haben, den Spuren nach, als hätte er im aufgestapelten Brennholz etwas gesucht. Also ich weiß nicht!«

Leider ist dieses Nichtwissen kein Grund für die gute Frau, ihren Monolog abzubrechen und Ibele lässt die Plappertante kurzerhand stehen. Nur eine Frage erspart er ihr nicht:

»Warum haben Sie uns das nicht schon heute Morgen erzählt?«

»Sie haben mich nicht danach gefragt!« Das ist typisch! Als hätte er sie nach all den anderen Geschichten gefragt, die sie serienweise auftischt! Es war wohl ein Fehler, Bäckers Zimmer nicht spätestens am Montag zu versiegeln und von der Spurensicherung untersuchen zu lassen. Ibele holt es in aller Eile nach, weist die Witwe streng auf das Betretungsverbot hin und noch im Gehen beordert er die Kollegen in die Kirchengasse. Wenn da nicht Häfeles Schuhabdrücke zum Vorschein kommen! Beim großen silbernen Auto jedenfalls dürfte es sich mit hoher Wahrscheinlichkeit um den Range Rover des Herrn Funkenmeisters handeln. Der ist dem, zumindest was Automobile betrifft, eingestandenermaßen zur Anglophilie neigenden Ibele bereits vor der Oberdorfer Villa aufgefallen.

Krieg und Frieden

Auf dem Nachhauseweg ist es nun wirklich nicht mehr zu übersehen: Das angekündigte Atlantiktief erreicht mit einem kräftigen Schub polarer Kaltluft, viel Feuchtigkeit und allem dazugehörigen Pipapo das Land. Ein barometrisches Maximum wandert ostwärts, einem über Russland lagernden Minimum zu. Die Kraft des Mondes tut ihre so geheimnisvolle wie unbestreitbare Wirkung. Wild und schwarz zieht schweres Gewölk über den See herauf. Der Schnee ist zum Greifen nah. Ibele schlägt fröstelnd den Kragen hoch und hält dennoch die Nase forsch in den stürmischen Wind. Nach dem Abendkaffee beschäftigt sich Rosalia mit der Vorbereitung der Parisreise und Ibele widmet sich einem seiner Langzeitprojekte: Der Lektüre von Tolstois *Krieg und Frieden* in der wunderschönen neuen zweibändigen Hanser-Ausgabe. Eben nimmt er den zweiten Band in Angriff. Wobei *Angriff* angesichts der Ehrfurcht, mit welcher der Inspektor über den blaugrünen Leineneinband streicht, ein eindeutig zu ungestümer Ausdruck ist.

Als Ibele schließlich das Licht im Wohnzimmer ausmacht und seiner Frau in den oberen Stock nachfolgt, bemerkt er beim letzten Blick aus dem Fenster die dicht fallenden Schneeflocken. Nun nimmt er auch die Stille wahr, die sich über die Stadt gelegt hat. Was für ein Zauber geht immer von diesem Schauspiel aus, von der Eleganz und Erhabenheit der tanzenden Flocken!

I hab ja an sich Feuer gern.
Wann i a Feuer siech und hör »tatü«, renn i hin.
MERZ/QUALTINGER, DER HERR KARL

Von Erinnerungslücken und Schneelöchern. Allegro non molto f-moll: Staccato gelato

Ein Anruf im Hause Häfele bringt noch nicht den Namen des Gärtners zutage, aber Zölestine verweist den Inspektor höflich auf die für die Pflege des Häfele- oder eigentlich Hämmerle-Parks zuständige Gärtnerei Binder. Dort erfährt Ibele zu seiner nicht geringen Überraschung, dass ein gewisser Balthasar Zumtobel seit langem das Anwesen der Familie Häfele betreut. Das wird doch nicht der Funken-Zumtobel sein! Natürlich ist er es. Ob der Mann zu sprechen sei, will Ibele wissen. Er ist eben heute Vormittag im Park der Häfeles mit einigen Winterarbeiten beschäftigt. Der Schneefall der vergangenen Nacht hat die Hausfrau nervös werden lassen aus Furcht um ihr exotisches Gebüsch. Weil der Kunde König ist, hat man gleich einen Mann abgestellt. Ibele sieht keinen Grund, lange zu warten und macht sich zügig, also mit der Eisenbahn, auf den Weg nach Dornbirn. Baldreich lässt er zuhause, er soll den Papierkram aufarbeiten, wer weiß, wie bald schon eine längere Außendienstphase anbricht!

Die Überraschung im Park der Häfeles ist keine mehr. Der Gärtner Zumtobel ist Ibeles bereits bekannter Funkenzünftler. Unbeeindruckt erwidert er den Gruß des Inspektors im Stile eines alteingesessenen Habitués. Auf die Frage, ob man sich irgendwo ein paar Minuten unterhalten könne, führt er ihn in ein kleines Gartenhaus, in dem in strikter Ordnung lange Reihen spitzer Gerätschaften und blitzender, funkelnder Werkzeuge versorgt sind. Mit einem aufmunternden »Hockend a klä ane!«, dem Zumtobel brummelnd Folge leistet, eröffnet Ibele das Gespräch. Aber zuerst braucht der Gärtner einen Schluck, worauf er sich mit dem Ärmel seines altmodischen Sakkos gründlich den Mund und gleich auch noch ein wenig die tropfende Nase abwischt, umständlich die staubige Flasche wieder in ihr Versteck versenkt, sich zurechtsetzt auf der wackligen Bank und den Inspektor aus munteren Äuglein anschaut.

»Herr Zumtobel, erzählen Sie mir bitte ein wenig über Ihre Arbeit hier heroben.« Ibele mimt in altbewährter Manier den Ahnungs- und Absichtslosen, als wären sie sich noch nie begegnet. Die Gauloise nicht zu vergessen, die er seinem Gegenüber anbietet und, da sie erwartungsgemäß angenommen wird, zugleich mit der seinen anzündet. Der Gärtner scheint es nicht gewohnt zu sein, Geschenke zu erhalten. Beinahe ehrfürchtig betrachtet er das filterlose Stängelchen von allen Seiten und bringt sogar im Sitzen noch andeutungsweise eine zeremonielle Verneigung in Richtung des Spenders zusammen. Tief zieht er den Rauch in sich ein, was ihm einen Vorwand liefert, sich ausgiebig zu räuspern, bevor er antwortet.

»Ich bin schon fünfzehn Jahre zuständig für diesen Park. Und einfach ist es nicht, wissen Sie. Die Häf…, Entschuldigung, die Frau Häfele lässt alles immer erst im letzten Moment oder noch später machen und selten ist es gut genug. Zum Glück kennt man sie und mein Chef lässt mich ohne viel Dreinreden arbeiten. Es ist halt eine wichtige Kundschaft, aber lustig ist es nicht. Der Baumeister drückt mir manchmal Geld für ein Bier in die Hand, Garten und Park sind ihm ziemlich wurscht. Den interessiert nur das Geschäft.«

»Sie sind ja auch in der Funkenzunft, oder?«

»Ja, der Baumeister hat mich vor Jahren dazugeholt, weil ich mich mit Holz auskenne und über die Gärtnerei so manches organisieren kann.« Da schwingt etwas wie Stolz mit.

»So kennen Sie auch den Bäcker?«

»Den Wilfried? Sicher. Den kennt jeder in der Stadt.« Zumtobel inspiziert schweigend eine Weile das glimmende Ende seiner Zigarette und kommt zu dem wenig überraschenden Schluss: »Aber eigentlich kennt ihn keiner. Er ist von Bregenz herauf gekommen vor etlichen Jahren. Irgendwas ist gelaufen zwischen ihm und dem Baumeister, schief gelaufen, wenn Sie mich fragen.«

»Haben Sie den Bäcker manchmal hier im Haus gesehen?« Zumtobels Antworten kommen so natürlich daher, dass Ibele überzeugt ist, sich langes Taktieren und Psychologisieren sparen zu können.

»Er hat mir ab und zu geholfen, wenn im Garten besonders viel zu tun war. Ich glaube, die Frau Häfele hat ihn dann gerufen, und er ist auch jedesmal nach der Arbeit für eine Weile im Haus verschwunden. Aber nur wenn der Baumeister nicht daheim war.« Zumtobel zwinkert dem Inspektor zu. Vielleicht ist ihm auch nur der scharfe Gauloise-Rauch in die Augen gestiegen. Es findet eben jeder seine Hintertürchen, um das trübe Dasein mit ein paar Lebenslügen aufzupeppen, denkt sich Ibele und schüttelt den Kopf in Richtung Zumtobel, wie um ihm zu zeigen, dass es da keinen Grund zur Geheimnistuerei oder zu halbseidenen Andeutungen gebe.

»Ich sag ja nichts«, wehrt der auch schon kleinlaut ab. »Oder doch: Weil nämlich am vergangenen Freitag, ich bin am frühen Nachmittag gekommen, um das letzte Laub zusammenzurechen, da ist der Bäcker erschienen. Es war grad drei Uhr, die Kirchenglocken haben geläutet, drum erinner' ich mich noch so genau. Er hat mich aber nur um einen Schluck Schnaps gefragt, hat mir ein paar Minuten zugeschaut und ist dann ins Haus gegangen. Der war vielleicht sauer! Naja, bei dem Magen! Allerdings: Am Freitag war die Frau Häfele nicht zuhause, dafür aber der Chef! Chef ist das zwar keiner, aber was soll's. Ich bin eine Stunde später dann gegangen, ohne den Bäcker noch einmal zu sehen.« Zwischen Daumen und Zeigefinger ist der allerletzte Rest der Gauloise eingeklemmt und Zumtobel saugt ihn mit einem in dem ausgezehrten Gesicht reichlich skurril wirkenden Kussmäulchen aus. Dass Ibele keinen Kommentar abgibt, macht ihn unruhig, aber er wartet geduldig, bis der Inspektor wortlos aufsteht und ihm die Hand reicht.

»Danke, das war wichtig, *Herr* Zumtobel.« Der so Angeredete lächelt verlegen und spitzbübisch in seinen verwilderten Bart hinein.

»Tja, wenn ich ein Herr wäre, Inspektor, tät ich nicht hier sitzen.« Sein eigener Status macht ihm offensichtlich auch nicht mehr Arbeit als die Brauchbarkeit seiner Aussagen. Recht so! Für den Kommissar hat sich dieser Ausflug mehr als gelohnt. Bei aller Brisanz der Zumtobelschen Erklärungen aber, das Vertrauen in das Männlein ist nicht größer geworden. Er scheint ein rechter Vifzack zu sein, hinter dessen Tölpelfassade manches Teufelchen sitzt. Ibele sieht da noch einiges an Potential. Jetzt jedoch ist es Zeit für das Mittagessen, nicht nur für seines, auch für das des Baumeisters. Ob er wohl auftaucht im häuslichen Zwinger? Ibele geht hinüber zum Haus, hinter einem der Fenster im ersten Stock fällt ein Vorhang zu, ein Schatten verschwindet. Der Range Rover ist nicht zu sehen, die offenstehende Doppelgarage ist halbleer. Vom ästhetischen Standpunkt aus würde der Jaguar der Frau Häfele mehr als genügen, aber auf den äußeren Schein kommt es jetzt nicht mehr an. Nein, der Herr ist nicht zuhause, informiert Zölestine noch im geräumigen Vorzimmer den Besucher, da erscheint bereits Frau Häfele.

»Ich will versuchen, ihn auf dem Mobiltelefon zu erreichen«, versichert sie eifrig. Sie tut es ohne Erfolg. »Sein Telefon ist ausgeschaltet.« Ein Anruf in der Firma ergibt, dass der Chef bereits vor gut zwei Stunden weggefahren ist, ohne eine Auskunft über Verbleib oder Rückkehr zu hinterlassen.

»Sie waren am vergangenen Freitagnachmittag außer Haus, Gnädige Frau?«, fragt Ibele, der sich in den kleinen Salon führen hat lassen, in dem ihm die schneidige Modefrau begegnet ist. Doch die kommt ihm heute nicht mehr in den Sinn und noch weniger in die Sinne. Er ist mit anderem beschäftigt. »Wann sind Sie wieder nach Hause gekommen und war zu dem Zeitpunkt Ihr Mann anwesend?« Frau Häfele denkt nach, aber nicht lange.

»Ich bin erst spät, so gegen elf, halb zwölf nach Hause gekommen. Meine Freundin Rita hat drüben im Café Stadelmann eine Vernissage gefeiert, da ist es ein bisschen später geworden. Mein Mann war schon im Bett, das heißt in seinem Zimmer, und hat geschnarcht.«

»Aufgefallen ist Ihnen nichts Besonderes?«

»Eigentlich nicht. Außer ein paar Strohhalmen, die in der Garage um sein Auto herum gelegen sind.« Strohhalme – mehr will und muss Ibele jetzt wirklich nicht hören; obwohl ihm die Bemerkung ein neues grelles Licht auf die Baumeistergattin zu werfen scheint. Weiß sie, was sie da sagt? Weiß sie, was es für ihren Mann bedeutet? So schnell es geht, verlässt Ibele das Häfelesche Haus. Es geht aber nicht ganz so schnell, wie er gerne möchte, denn Frau Häfele zeigt plötzlich ein sehr lebhaftes Interesse an der Bedeutung dieser Strohhalme. Es sind zwar nicht die sprichwörtlichen, an die sie sich klammern müsste, aber doch solche, die ihr Leben einigermaßen verändern werden. Mit dem Versprechen, Ibele sofort zu verständigen, wenn der mehr abgängige als vermisste Gatte zurückkehrt, wird der Inspektor entlassen. Einen winzigen Augenblick über das Erwartete hinaus dauert ihr Händedruck an, verweilt ihr eindringlicher Blick auf Ibeles Gesicht. Ibele dankt und verlässt das Haus mit einem mehr als unguten Gefühl.

Er bilanziert: Am Samstagmorgen liegt Bäcker in Hexenverkleidung auf dem Funkenplatz; am Freitagnachmittag verschwindet er beim Dreiuhrläuten in des Funkenmeisters Haus. Wenn das Stroh in der Garage kein

Hexenstopfstroh ist, dann frisst Ibele den berühmten Hexenbesen! Sein Magen knurrt eh schon bedenklich. Zuerst jedoch muss der Baumeister her! So wird Baldreich aufgescheucht, der Ibele pflichtbewusst vertritt; aktuell gerade in der Osteria. Er wird sich um den Herrn kümmern und hat außerdem die schöne Aufgabe, den General zu informieren. Ibele selbst gönnt sich, wenn er schon in der Gegend ist, ein Mittagessen in Köhlers Eck. Hier kocht man wie zuhause. Weil ihm eben doch irgendwie ein Stein vom Herzen gefallen ist mit der Entdeckung von Häfeles Umtrieben, wählt Ibele zur Feier des Tages einen alten Klassiker aus der Wirtshausküche, eines seiner heimlichen Lieblingsgerichte. Er bestellt sich ein Cordon bleu, natürlich vom Schwein, vom Alpschwein, und ebenso natürlich mit Pommes frites statt dem angebotenen Grünzeug, zuvor eine Flädlesuppe. Wenn schon, denn schon! Hinter sich an der Wand bemerkt Ibele eine alte Schwarz-weiß-Fotografie, die er von früher zu kennen meint. Woher nur? Bevor er die Bildunterschrift entziffert, fällt es ihm ein. Das Bild zeigt ausgerechnet Hannes Wohlgenannt, Tante Hildas früh verstorbenen Mann, aufgrund seines Berufes als Schweinehändler *Su-Hannes* genannt, nebenbei ein begabter Fotograf und zudem eines der verschwundenen Stadt-Originale! Das Bild zeigt ihn vor einem kleinen Lastwagen, damals wahrscheinlich der letzte Schrei und heute genauso hoffnungslos lächerlich wie Su-Hannes' bis weit über den medizinballgroßen Kugelbauch hinaufgezogene Hochwasserhose. Sein Cordon bleu aber verspeist Ibele mit einer hochgradig gesteigerten Ehrfurcht vor Gasthaus und Schwein. Bei den zusätzlich angebotenen frischen Apfelküchlein mit Vanilleeis muss er schließlich passen. Alles was recht ist! Es gibt keinen Grund, sich zu mästen! Ein Espresso geht sich noch aus, dann ist Schluss mit dolce vita. Ab ins Kommando!

Die Suche nach dem Baumeister läuft auf vollen Touren, unterstützt von medialem Sperrfeuer, besonders von der Internetseite des *Vorarlbergboten.* Ausgerechnet heute muss das Wetter so richtig umschlagen! Vorläufig beschränkt sich die Suche hauptsächlich auf Häfeles Auto. Ein *Vob*-User liefert schließlich den Hinweis auf den Wagen. Ein *Vob*-User, der dem Anschein nach wenig anderes zu tun hat, als in seinem Büro zwischen dem Computer-Bildschirm und dem Fenster hin und her zu schielen. Von seinem Büro in der Bezirkshauptmannschaft aus meldet er telefonisch, dass das gesuchte Auto direkt vor dem Eingang zum Bezirksgericht geparkt ist, und zwar seit gut fünf Stunden. Das weiß er so genau, weil er um zehn Uhr mit dem Fahrrad zur Metzgerei Fontain gefahren ist, um Leberkäse zu holen, denn der ist allemal einen kleinen Ausflug wert. Bei der Abfahrt war der auffällige Geländewagen mit Sicherheit noch nicht da und bei der Rückkehr eine Viertelstunde später ebenso gewiss an Ort und Stelle, »tausendprozentig«, wie die mathematisch etwas ausufernde Angabe lautet, quer über zwei Parkplätze und, wie nicht anders zu erwarten, ohne gültigen Parkschein. Das mit dem Leberkäse blendet Ibele spielend aus, noch ist er mit seinem Cordon bleu beschäftigt. Der Rest genügt, um ihn nervös nach Baldreich rufen zu lassen.

»Wenn der so hektisch zum Bezirksgericht fährt und parkt wie eine Wildsau, hat das etwas zu bedeuten. Er weiß, dass wir ihm auf der Spur sind. Wenn du mich fragst, steckt jemand vom Gericht mit ihm unter einer Decke. Aber wer? Wir können ja nicht das ganze Gericht auseinandernehmen und überhaupt machen die dort alle in einer halben Stunde Dienstschluss. Heilandsack, Karl, da lacht sich einer teuflisch ins Fäustchen!«

»Nicht mehr lange, Inspektor! Dies Händchen wird bald eiskalt sein! Die sind letztlich alle nicht kriminell genug, um so ein Ding wirklich durchzuziehen. Das sind, wenn ich das so sagen darf, Biedermänner, bei denen steckt wie bei uns Tirolern die erzkatholische Angst vor der Hölle tief in den Knochen, tiefer als alles andere, Chef. Das sind doch alles kleine Hosensch…, sicher aber keine Mafiosi, die kaltblütig die eigene Großmutter umlegen, wenn es ihnen ein paar Euro bringt, weißt du!« Ja, Ibele weiss es nur zu gut, aber noch lieber wüsste er, wen es zu fangen gilt.

»Das können wir nur hoffen, Karl, und eigentlich wollte ich mich gerade darauf eher nicht verlegen! Aber was nützt's!« Fräulein Hagens fragenden Augenaufschlag vermag Ibele im Augenblick nicht zu deuten, trotzdem macht er irgendwie Mut.

Viel mehr, als den angebrochenen Nachmittag mit ein paar liegen gebliebenen Akten in ihrem Büro abzusitzen, bleibt den beiden Männern nicht. Zumal sich die Suche nach Bäckers Testament weiterhin als schwierig erweist. In seinem Zimmer ist es nicht gefunden worden. Zwar lag zwischen einem Stoß zerknitterter Hemden ein Kuvert mit der Aufschrift »Testament«, aber es war leer und, so wie es ausschaut, von unbefugter Hand geöffnet. Einen Bericht darüber, wessen Fingerabdrücke sich darauf finden, gibt es sicher nicht vor morgen Abend. Ibele schwört, dass die Spuren von Frau Ulmers knochiger Greisinnenpfote mit dabei sind.

Schließlich wird es Ibele zu dumm und er zückt sein Telefon. Der König kennt doch den Funkenmeister seit Jahrzehnten. Es wäre gelacht, wenn der nicht um seine Gewohnheiten und seinen Umgang wüsste. Der Neorentner sitzt im Gütle, ergibt der Anruf. Sicher, der Herr Inspektor kann gerne kommen. Wenn man etwas im Überfluss hat, dann Zeit! Die Uhr am Bahnhof drüben zeigt 16.12, als Ibele Richtung City-Tunnel in die Bahnhofstraße einbiegt. Ein in der Autobahnauffahrt quer stehender ukrainischer Sattelschlepper ist schuld daran, dass weit mehr als eine Stunde bis zur Ankunft im Gütle vergeht. Dafür empfängt ihn König schon vor dem Gasthaus und scheint diesmal wesentlich aufgebrachter als gestern.

»Inspektor, der Häfele ist vor einer halben Stunde da drüben im Wald verschwunden. Jaja, zu Fuß. Aber er war nicht allein, noch einer ist ziemlich grimmig hinter ihm dreingehoppelt. Den zweiten habe ich beim besten Willen nicht erkannt. Gekommen sind sie vom Parkplatz. Ausgeschaut haben sie wie ein Jäger und sein Förster! Der Häfele ist eindeutig der Förster.« Unverkennbar der langgediente Unteroffizier, der Beobachter und Melder, stellt Ibele befriedigt fest: Was, wer, wie, wo und wann? Gelernt ist gelernt! Der Jäger und der Förster: *Der Richter und sein Henker*, denkt es in Ibele unwillkürlich und ein dürres, mattes Lächeln huscht um seine Lippen.

»Im Wald«, resümiert Ibele trocken, »im Wald verschwunden. Da geht's doch ins Ebnit hinein, oder? Was, glauben Sie, treibt ihn dorthin?«

»Ins Ebnit eher nichts, da könnte er auch fahren, das wäre einfacher. Aber es gibt da in Richtung Rudach oder Bödele hinauf jede Menge Jagdhütten und um diese Jahreszeit verlassene Ferienhäuser. Die wären ein feines Plätzchen für jemanden, der nicht gesehen werden will. Der Häfele war außerdem Jagdpächter oben am First, er kennt die ganze Gegend in- und auswendig.«

»Haben Sie eine Idee, wer der zweite Mann gewesen sein könnte, wenn es ein Mann war!?«

»Es war sicher ein Mann, Inspektor. Erstens habe ich das gesehen und zweitens hat's der Häfele mit den Frauen noch nie so wirklich gehabt. Er ist ein gebranntes Kind, wenn ich so sagen darf.«

Was gäbe Ibele dafür, die beiden zu erwischen. Doch die Chancen stehen schlecht. Einen Hubschrauber muss man ihnen jetzt keinen mehr hinterherschicken, die Dämmerung ist weit fortgeschritten, es schneit immer wieder. Und die Typen von der Cobra sind auch nicht scharf darauf, ganze Wälder abzugrasen. Haha, denkt sich Ibele, abzugrasen gibt es bei dem Schnee eh nichts, schon gar keine Wälder. Also einfach nur warten, bis sie wieder auftauchen? Das ist denn auch ein bisschen wenig. Tee trinken, wie König vorschlägt, ist fürs Erste keine schlechte Ergänzung.

Aus dem Tee wird Kaffee mit Apfelstrudel und aus dem ersten wird ein zweiter; und eine Gauloise im Herrenzimmer, dem Raucherrefugium des Gasthofs. Dann aber heißt es handeln. Ibele meldet sich beim General, der über sein Mobiltelefon erreichbar ist und der Geräuschkulisse nach zu schließen auf einem Kreuzfahrtschiff. Es ist aber, wie sich herausstellt, nur die Badewanne in Kombination mit dem etwas laut aufgedrehten jüngsten heimischen Chart-Erfolg. Statt der Füße, wie es in dem Song heißt, tun dem Inspektor eher die Ohren weh. Dafür lässt sich der General leicht dazu bringen, eine Kompanie von Polizeischülern ins Gütle zu beordern, die das Gelände nach den beiden Waldgängern durchkämmen werden. Ibele beschließt, das Eintreffen der Jungkollegen und -kolleginnen im Gasthaus abzuwarten. König leistet ihm bereitwillig Gesellschaft, er lädt Ibele zu einem *Schnapser* ein. Dazu muss man den Inspektor nicht lange überreden. Er mag das Spiel seit seiner Militärzeit und spielt es mit erstaunlichem Überblick. Die Ankunft der Suchmannschaften verzögert sich, ihr Bus steckt in einem schneebedingten Stau fest. So wird ein Abendessen fällig. Ibele ordert eine Portion Bergkäse und, weil's so kalt ist draußen, Würstel mit Senf und Kren. Bevor es jedoch allzu *gmüatle wird im Güatle*, wie die Speisekarte verheißt, fahren draußen schließlich die zwei Busse vor. Längst ist es stockdunkel. König genießt es sichtlich, Informant zu sein und wieder einmal eine Befehlsausgabe zu erleben. Zwei Stunden später kehren die jungen Frauen und Männer durchnässt und durchfroren zurück. Tapfer haben sie durchgehalten. Schön, wie sie ihren Dienst, ihre Aufgabe noch ernst nehmen. Dunkelheit, anhaltender Schneefall und die Gefährlichkeit des Gebietes mit seinen Abgründen und steilen Felsüberhängen aber machen jede weitere Suche bis auf weiteres aussichtslos. Die Busse fahren ab und Ibele kehrt zurück ins Kommando. Dort ist alles dunkel, so lässt's auch der Inspektor gut sein für heute. Die letzten Räumkommandos kümmern sich um den Schnee auf den fast schon menschenleeren Straßen und Gehsteigen der Stadt, als Ibele nach Hause spaziert. Ein eigenartiger Zauber liegt über der schlafenden Stadt. Nur aus dem Hirschenwirtshaus, dem goldenen, kommen ein paar dick vermummte Herren heraus, zünden sich lange Zigarren an und verabschieden sich weinselig voneinander. Ibele erkennt den einen oder andern der honorigen Herren, respektable Doktoren diverser Faklultäten, und wird unwillkürlich an Bäckers Testament erinnert. Wenn Ibele wüsste, womit sich zur selben Zeit der Funkenmeister und sein Begleiter beschäftigen ... ja, was dann? Er weiß es nicht. So kommt er versonnen zuhause an, wo ausnahmsweise alles dunkel ist. Er verstaut ordentlich die nassen Schuhe und den schweren Mantel, beendet sein Tagewerk ohne weitere Umschweife und sucht das eheliche Schlafzimmer auf. Leise legt er sich neben sein grummelndes und schnaubendes Rösle, das im Halbschlaf eine Hand nach ihm ausstreckt; und wieder einmal ist er eingeschlafen, bevor er auch nur die Augen richtig geschlossen, geschweige denn etwas davon bemerkt hat.

Schuld und Sühne. Alles hat seine Zeit.

Zu der Zeit nun, da Ibele in seine ersten Träume hineintrudelt – es geht auf Mitternacht zu – halten sich Häfele und sein Begleiter tatsächlich in einer versteckt tief im Wald liegenden Jagdhütte auf. Sie haben ein ordentliches Feuer im Ofen angemacht und sitzen an einem hölzernen Tisch im Licht einer kleinen Lampe. Käserinden, Wurstreste, Brotkrümel und etliche leere Bierflaschen zeugen von einem frugalen Mahl. Häfeles Gegenüber, ein untersetzter, kahler Mittvierziger mit bedenklich rotem, kugelrundem Kopf, ist tief über ein zu verfassendes Schriftstück gebeugt. Er hält eine schwarze Füllfeder in der Hand und schreibt bald nach Häfeles Diktat, bald nach eigenem Gutdünken Wort für Wort fein säuberlich auf das weiße Papier. Auf dem Tisch steht eine Flasche Rotwein, vor den Männern halbvolle Gläser. Ein altmodischer Wecker tickt auf dem Fenstersims. Lange Pausen des Schweigens schieben sich zwischen die wenigen von Häfele mit verhaltener Wut hingeworfenen Worte. Der Bullige spricht überhaupt nicht mehr, seit er zu schreiben begonnen hat. Haben sich die Männer mit dem ersten Schluck noch zugeprostet, so trinkt jetzt jeder in seinem eigenen Rhythmus, es schenkt auch keiner dem anderen nach. Mit jeder Zeile, die der Text an Länge zunimmt, steigt die Spannung, ja die Feindseligkeit zwischen den beiden spürbar an. Mit gefurchter Stirn und halb offenem Mund malt der Schreiber schließlich eine Unterschrift auf das Papier und schiebt es zu Häfele, dem er die Feder reicht. Häfele setzt ohne weiteres seinen Namen unter das Schriftstück und gibt es ohne aufzublicken zurück. Hastig leert er sein Glas. Achtlos und grob stellt er es auf den Tisch zurück. Ein paar Minuten malt Häfeles Kompagnon noch auf dem Papier herum, setzt dort einen Beistrich, fügt da ein Wort, eine Zahl ein, bessert aus, flickt, streicht durch. Endlich schraubt er die Füllfeder zu, legt sie in ein Etui und steckt es ein. Er faltet das Blatt Papier sorgfältig und verstaut es in einem gelben Kuvert, das er sogleich zuklebt.

»Das passt jetzt, oder, Bruno?«, fragt ihn Häfele in einem zwischen Drohung und Unterwürfigkeit schwankenden Tonfall.

»Wenn du meinst!«, entgegnet der andere. Das ist weder ein Ja noch ein Nein. Es ist ein Urteil, dessen Vollstreckung nicht mehr lange auf sich warten lassen wird.

»Komm, wir gehen!« Häfeles Stimme schwankt noch immer zwischen Befehl und Bitte. In seinen Augen flackert neben purer Angst und trostloser Gleichgültigkeit ein in der tiefsten Seele gründendes, unbändiges Entsetzen, vor dem es kein Entkommen, keine Flucht, keine Rettung gibt.

Der mit Bruno Angeredete schenkt sich schon im Stehen stumm sein Glas voll und trinkt es in einem langen Zug aus. Die leere Flasche mit den beiden Gläsern räumt er in einen Verschlag neben dem Eingang. Das gelbe Kuvert wirft er hinter Häfeles Rücken in eine Schublade des Stubenkastens. Es wird eines der Testamente sein, die plötzlich wie aus dem Nichts auftauchen. Wenn noch Zeit bleibt. Er schaut kurz nach dem Feuer und stößt fluchend ein halb verkohltes Scheit in die knisternde, auflodernde Glut. Die verbogenen Zeiger des Weckers gehen auf zwei Uhr zu.

Die beiden Männer schlüpfen wortlos in ihre schweren Mäntel und knüpfen sie bis oben hin zu. Bruno hängt sich den Rucksack um, seinen Hut drückt er tief in die Stirn. Häfele verbirgt sein Gesicht wie ein Mönch in einer an den

Mantelkragen geknüpften Kapuze. So treten sie in die windige, stockdunkle, kalte Nacht und das dichte Schneetreiben hinaus. Schweigend gehen sie dem von großen Steinbrocken übersäten Bett der unter einer dünnen Eisdecke glucksenden Dornbirnerach entlang durch den Wald talauswärts, dem Gütle, der Stadt, den Lichtern zu. Der moosige und überdies verschneite Waldboden schluckt jedes Geräusch. Im Gasthof drüben brennt noch Licht. Schwach und warm leuchtet es über die Ach herüber, wo die beiden Männer im Dunkel mühsam durch den Schnee stapfen. Bei einem der letzten Häuser des kleinen Weihers hält der vorausgehende Bruno inne. Es ist ein verwahrloster Bauernhof mit schief hängenden Fensterläden. Längst steht kein Vieh mehr im Stall. Das von mehreren Fernsehantennen zusätzlich verunstaltete, von allerhand Gerümpel und ausrangierten Fahrzeugen umgebene Haus wird von einem ebenso verwahrlosten und ausrangierten Paar alter Leute bewohnt. Der an einer langen Kette angebundene magere Köter kommt aus seiner baufälligen Bretterhütte heraus und bellt zwei, drei Mal. Bruno zieht etwas aus seiner Manteltasche und wirft es ihm zu, worauf sich das Tier knurrend verzieht. Die Männer sind bereits etliche Minuten vom Haus entfernt, da heißt sein Begleiter den Baumeister kurz warten. Der wundert sich ein wenig über den trotzig zurück zum Haus marschierenden Bruno, setzt sich dann auf einen gefällten Baumstamm und stiert geistesabwesend und müde vor sich hin. In nicht allzu großer Entfernung leuchten ihm ein paar Lichter aus der Stadt entgegen. Die Talstation der Bergbahn kann nicht mehr weit sein. Er sehnt sich nach dem warmen Bett in seiner Villa. Im Grunde seiner Seele aber sehnt er sich noch viel weiter zurück, zurück in eine Welt ohne Bilder und ohne Bewusstsein, ohne Fragen und vor allem ohne Antworten.

Bruno erreicht das Haus, in dem alles dunkel ist. Eine matte Hoflampe taucht den Eingang mit der daneben stehenden Hundehütte in ein diffuses, von den tanzenden

Schneeflocken reflektiertes Licht. Wie heißt es doch: Jede Flocke eine unerlöste Seele? Irgendwo heult ein Hund, ein Käuzchen schreit. Knurrend kriecht der Köter aus seiner Hütte, fixiert den nächtlichen Besucher aus blutunterlaufenen Augen, bellt heiser, mehr bettelnd als drohend. Wieder wirft ihm Bruno etwas zu, es ist ein aus der Manteltasche gezogenes Stück Wurst, und der Hund beginnt, daran herumzuschnüffeln. Mit ein paar beruhigenden, überraschend freundlichen Worten geht Bruno auf das geduckte Tier zu und nimmt ihm blitzschnell die rostige Kette ab. Verblüfft schaut der dürre Köter auf, schnappt sich die Wurst und verzieht sich schwanzwedelnd hinter das Haus. Ein toller Wachhund!

Häfele sitzt inzwischen frierend und apathisch auf seinem durchnässten Hosenboden. Der Schnee fällt ununterbrochen in großen Flocken. Häfele spürt keine Kälte, er spürt überhaupt nichts. Er hört nicht das Rauschen des Baches direkt neben ihm. Er hört gar nichts. Seit dem Sonntag ist ihm die Welt und ist er sich völlig fremd geworden. Nicht nur hat er keine Ahnung, was für ein Geschäft dieser Bruno jetzt erledigen muss, mitten in der Nacht, noch warum das so lange dauert. Aber irgendwie hat er das Gefühl für die Zeit ebenso verloren wie für sich selbst. Das mit Bäcker hätte so nicht passieren dürfen. Er spürt es mit unbestechlicher Klarheit. Wer nur trägt die Verantwortung für diesen letzten Fehler? Warum ist ihm immer wieder die Kraft versagt geblieben, mit Bäcker zu einem vernünftigen Ende zu kommen? Zu einem Ende, das ihrem strahlenden Anfang halbwegs gerecht geworden wäre! Wie von außen her beobachtet er sich voller Misstrauen und Abscheu. Hinter ihm fängt ein Hund zu bellen an. Sonst rührt sich nichts. Als sich plötzlich etwas Eiskaltes um seine Gurgel legt und ihm den Hals mitsamt der Kapuze zuschnürt, lässt er es beinahe widerstandslos geschehen, als gälte es gar nicht ihm. Nur die Hände mit den verkrampften, frostklammen Fingern fahren in die Höhe, greifen ins Leere.

Nach einer endlosen oder nach gar keiner Zeit erwacht Häfele. Er erwacht davon, auf dem Rücken durch den Schnee geschleift zu werden. Doch kann sein Zustand kaum Erwachen genannt werden. Es ist eine vage Empfindung von Schwere, Kälte und Nacht, die den Funkenmeister die Augen aufschlagen lässt. Kraftlos, wie in Zeitlupe, fuchtelt er mit den Armen, stößt röchelnd krächzende Laute aus, ringt rasselnd nach Atem. Das letzte, was er schließlich mitnimmt von dieser Welt, ist ein wüster Fluch und ein Blick in Brunos wutverzerrtes Gesicht, bevor ein Schatten sich mit rasender Geschwindigkeit und furchtbarer Wucht auf seinen Kopf zu bewegt. »Wie ein Hund«, denkt er sich, und es ist, als sollte nichts als die Scham ihn überleben.

Es erhub sich ein Streit

Die ganze Nacht über hat es geschneit, ununterbrochen und ausgiebig. Am Morgen kommt daher die übliche kleinstädtische Geschäftigkeit nur schleppend in Gang. Sogar die Schneepflüge und schaufelnden Hausbesitzer werkeln wie in dicke Watte verpackt. Dabei hat dieser Morgen einiges an heißen Neuigkeiten zu bieten. Davon ahnt der frühstückende Inspektor noch nichts. Das Rösle hantiert ruhig und routiniert; manchmal geht ein Wort zwischen den beiden hin und her oder eine Geste, ein Blick. Endlich steht Ibele auf, küsst seine Frau. Sie nimmt ihn in ihre Arme, flüstert ihm: »Du wirst sehen: Sie finden ihn!« zu. Ibele möchte ihr gerne glauben. Noch auf seinem zum winterlichen Ambiente passenden meditativen Spaziergang ins Kommando hat er keinen Grund, im kommenden Tag ein Übermaß an Dramatik zu vermuten. Vielmehr befindet er sich nach dem langen und tiefen Schlaf der vergangenen Nacht und dem gewohnt beschaulichen Frühstück in bester Stimmung, erfüllt von einem leisen, intensiven, so weltfernen wie weltumfassenden Glück.

Dann aber die Neuigkeiten. Wie erwartet sind in Bäckers Zimmer die Spuren des Baumeisters gefunden worden. Allerdings nicht nur die des Baumeisters. Da war noch ein anderes Paar fremder Schuhe zugegen und am Werk. Ein auffälliges Paar Schuhe: mit einer genagelten, tiefen Profilsohle versehen. Wie die Spuren belegen, sind die beiden kreuz und quer und einigermaßen planlos im Zimmer hin und her gewuselt. Nicht nur im Zimmer: auch rund ums Haus. Frau Ulmer hat keine Gespenster gehört. Genagelte Schuhe: Wer trägt noch so etwas? Den Baumeister hat Ibele bislang stets in pseudo-rustikalem Schuhwerk gesehen. Sicher nichts Genageltes. Mit wem macht der Häfele gemeinsame Sache? Was für eine Sache? Ist es einer von der Funkenzunft? Da könnte leicht so ein Nagelschuhstapfer dabei sein. Oder einer seiner Bauherren? Sind das nicht lauter feine Pinkel? Oder ein Lieferant, nicht unbedingt von Ziegeln oder Zement, schon eher von Insiderinformationen, zum Beispiel debile und vermögende Erblasser betreffend.

Die zweite Neuigkeit für den Inspektor ist noch nicht ganz so weit. Wenn auch im Anrollen. Sie wird nicht nur die Spurenauswertung von Bäckers Kämmerchen mit neuer Brisanz aufladen, sondern auch jenes Katecheten-Sprichwort hell ausleuchten, das uns einreden will, alles Gute komme von oben. Das ist ja möglich, heißt aber noch nicht, dass alles gut ist, was von oben kommt. So wie jetzt, es geht auf halb neun zu, und es nähert sich eine der bunten Kabinen der Karrenseilbahn langsam der Talstation. Die jährliche Revision ist im Gange und der Dienst beginnt wie jeden Tag damit, die Kabine von der oberen Station herunter zu holen, was automatisch bedeutet, dass die über Nacht im Tal stehende nach oben unterwegs ist. Herunter fährt heute neben verschiedenem Material und Werkzeug ein Mitarbeiter des Bergrestaurants. Es ist Friedrich, ein leicht zu erschreckender, ausgesprochen naiver, nicht mehr ganz junger und etwas derber Knabe. Einer von der Sorte, die mit vierzig noch bei der Mama wohnen. Mittlerweile hat der Schneefall beinahe ganz aufgehört, nur einzelne Flocken fallen tänzelnd vom nach wie vor dicht mit grau-schwarzem Gewölk verhangenen Himmel. Es wird nicht lange dauern, bis noch mehr von der weißen Pracht kommt. Ein schrilles Klingeln zerreißt die Stille in der Talstation. Es ist das Alarmsignal aus der talwärts fahrenden

Kabine. Fussenegger, der Betriebsleiter der Karrenbahn, wird jäh aus seiner Tagträumerei gerissen. Kaum hat er sein schläfriges »Ja, was ist los?« in das verstaubte Mikrofon gemurmelt, fliegen ihm die von heftigem Atmen und sphärischem Rauschen skandierten Wort- und Satzfetzen nur so um die Ohren: »Heilige Maria, Fussenegger ... schau dir das an ... ich glaub' es nicht ... Barmherziger Jesus ... ist das grausig ... da hängt einer in der Bahn ...« Fussenegger stoppt augenblicklich, reflexartig, die Fahrt und schaltet den Überwachungsbildschirm ein, der ihm ein leicht verschwommenes Videobild aus dem Inneren der Kabine zeigt. Tatsächlich, da hängt eine Gestalt von der Kabinendecke. Sie baumelt im Takt der abrupt zum Stillstand gebrachten Kabine leise hin und her. Ein Jäger oder so etwas, der Kleidung nach zu schließen. Was Fussenegger sofort bemerkt, ist der Rucksack, den der Gehängte umgeschnallt hat. Wer hängt sich schon samt seinem Rucksack auf? Sachen gibt's! Es geht nicht anders: Die bergwärts fahrende Kabine muss wieder herunter, der arme Friedl samt Kabelrollen, Werkzeugkisten und leeren Bierfässern wieder hinauf. Ein paar Minuten später ruckelt die Bahn in die Talstation. Fussenegger geht hinaus, schiebt die halboffene Kabinentür ganz zur Seite und traut seinen Augen nicht. Wer da, mit Rucksack und steifgefroren, eine Art Hundekette mehrfach um den Hals gewickelt, in der Bahn hängt, ist niemand anderer als der Funkenmeister Häfele. Fusseneggers einstiger Kartenspielfreund, mit dem man sich Sonntag für Sonntag nach dem traditionellen Kirchgang im Gasthof *Zum Verwalter* getroffen und dort Stunden, ja ganze Nachmittage verspielt hat, während zuhause Suppe und Braten kalt geworden sind. Was sogar dem schlaftrunkenen Fussenegger auffällt, sind Häfeles geschlossene Augen. Ob es nun seine Geistesgegenwart ist oder doch eher die winterliche Trägheit, die den Fussenegger das Richtige tun lässt, muss offen bleiben; er schließt mit einem hingeseufzten »Gelobt sei Jesus Christus! Das ewige Licht leuchte ihm!«, die Kabinentür. Der fromme Wunsch nach mehr Licht leuchtet ja tatsächlich ein. Aber wofür hier wem auch immer ein Lob ausgesprochen wird, bedürfte einer gründlicheren theologischen Expertise. Dann meldet Jakob Fussenegger seinen tiefgekühlten Fahrgast der Dornbirner Stadtpolizei. Die wiederum holt Ibele für heute definitiv aus seinen Wintermärchenträumen.

Was Ibele auf der Fahrt nach Dornbirn ganz sicher weiß, ist nur, dass ihm dieser Tod nicht gefällt. Er gefällt ihm zum einen per se nicht und zum anderen, weil er ihm über alle thanatologische Skepsis hinaus nicht traut. Vielmehr vermutet er eine allzu irdische, allzu menschliche Schweinerei hinter der Sache. Natürlich hat der Baumeister in den wenigen Tagen, die Ibele mit ihm zu tun hatte, vielfältige Gründe für Zweifel an seiner Person geliefert. Sein Lebenswille, seine Vitalität und sein Elan schienen Ibele aber durchaus intakt gewesen zu sein. Wie viele Fragen waren da noch offen an den Funkenzampano! Wer soll sie jetzt beantworten, da Häfele für immer schweigt? Zumtobel! schießt es unvermittelt durch das Hirn des Inspektors. Der Gärtner Zumtobel! Nicht unbedingt ein Mörder, aber ein Tor. Er hat Bäcker außer dem Baumeister zuletzt lebend gesehen. Zudem verwettet Ibele Hab und Gut, wenn der tatsächlich nach Hause gegangen ist am vergangenen Freitagnachmittag! Der Unglaube des Inspektors, was Häfeles Selbstmord angeht, steigert sich zur Gewissheit, als er dem hängenden Toten gegenübersteht. Mit einer Ehrfurcht, die ihm immer wieder unangenehm ist, öffnen die Anwesenden eine schmale Gasse, um den Inspektor durchzulassen. Auch der Doktor Bertolino ist neben Stadtpolizei, Rettung und Presse – Herrgottsack, wo kommen die schon wieder her?! – zur Stelle. Der Doktor hat eine ungünstige Woche erwischt für seinen Not- und Außendienst, tut dies in der ihm eigenen Mischung aus Humor und Zynismus auch ungeschminkt kund: »Es ist so verdammt kalt hier und der Mann da ist so tot, da gehe ich gleich wieder nach Hause.«

Das mit dem Nachhausegehen dürfte eine fixe Idee des guten Doktors sein. Tatsächlich, der Mann ist tot, erhängt, gemeuchelt, erfroren oder alles miteinander. Ibele erkundigt sich nach der Frau Baumeister. Sie ist verständigt, müsste gleich hier sein. Jetzt weiß der Inspektor, was ihm nicht gefällt, aber schon kein bisschen gefällt. Es ist die Kette, die mehrere Meter lange, grobe, teilweise angerostete, mit Eiskristallen überzogene Kette. An solchen Ketten hat man früher Hofhunde festgemacht. Ibele weiß, dass sich niemand eine solche Kette freiwillig um den Hals wickelt! Niemand! Sicher erst recht nicht einer wie der Häfele, der für ein bisschen Bequemlichkeit und den schalen Luxus seines Lebens jahrelang einen so hohen Preis zu bezahlen bereit war.

Die Höhe dieses Preises wird Ibele eben wieder vor Augen geführt, da Fussenegger der nunmehrigen Witwe Häfele die Tür öffnet. Ob es Zufall ist oder schnelle Reaktion, jedenfalls trägt sie Schwarz. Schwarz, das sie ganz ausgezeichnet kleidet, das darf man doch sagen oder wenigstens denken, nicht wahr? Schwarzer Mantel, schwarzer Hut, schwarze Handschuhe, schwarze Lederstiefel. Ibele begrüßt sie mit einem festen Händedruck und den üblichen, zwischen echtem Mitgefühl und eingeübter Höflichkeit angesiedelten Floskeln. Dann übergibt er die weitere Arbeit an seine Kollegen und geht mit Frau Häfele nach draußen. Er dürfe ihr doch ein paar Fragen stellen, wendet er sich an sie. Ja natürlich, warum auch nicht.

»Wann haben Sie Ihren Mann zuletzt gesehen?«

»Das war gestern nach dem Frühstück, am späten Vormittag, vielleicht zwei Stunden, bevor Sie bei uns waren. Er ist kurz vor zehn Uhr weggefahren und dann nicht mehr aufgetaucht. Ich hätte Sie sonst sofort angerufen. Ich selbst war am Abend bei meiner Schwester zum Essen eingeladen, kleine Damenrunde, Sie verstehen.« Stirnrunzelnd versucht Ibele, der nicht weiß, was es da zu verstehen gibt, das Verschwinden des Funkenmeisters in einen sinnvollen

Zusammenhang zu bringen. Um etwa 10.00 Uhr fährt der Mann weg, parkt kurz darauf, offenbar in großer Eile, vor dem Bezirksgericht und ist weg, für immer.

»In der Nacht war er also sicher nicht daheim?«

»So viel ich sagen kann, nicht. Ich bin kurz vor Mitternacht nach Hause gekommen, da war sein Wagen nicht in der Garage, am Morgen auch nicht, und bei dem Schnee hätte man doch Spuren sehen müssen, wenn er in der Nacht herumgekurvt wäre. Außerdem hätte ich es gehört. Ich habe da ein gut trainiertes Ohr!«

»Haben Sie vielleicht eine Idee, wo oder mit wem er die Nacht verbracht hat?« Laura-Elisabeth Häfele gehört nicht zu den Ehefrauen, die eine solche Frage in Verlegenheit bringt.

»Da gibt es mehrere Möglichkeiten, Inspektor. Nur kann ich Ihnen nicht wirklich weiterhelfen. Der Baumeister ist oft über Nacht ausgeblieben, entweder hat er im Büro geschlafen, er war dort bestens eingerichtet, oder bei irgendwelchen Freunden, wenn er zu betrunken war, um noch zu fahren. Frauen waren kaum im Spiel, da hat er lieber die Finger davon gelassen«, fügt die frischgebackene Witwe hinzu und unterstreicht das mit einer Ich-wasche-meine-Hände-in-Unschuld-Geste. Durchaus glaubhaft, findet Ibele.

»Danke Frau Häfele, ich brauche Sie vorerst nicht mehr, werde mich vielleicht am Nachmittag bei Ihnen melden.« Nicht unfreundlich, aber doch sehr knapp verabschiedet sich die Witwe von Ibele und steigt in ihren Wagen. Es ist der mitternachtsblaue Jaguar, ein XF, wie Ibeles Kennerblick feststellt. Jaja, Geld macht nicht glücklich, man kann es nicht essen und kein Glück kaufen damit, nur schönes, sinnloses Spielzeug.

Bevor die Binsenwahrheiten ihn allzu sehr ablenken, geht Ibele nochmals zurück zur Seilbahnkabine. Der arme Baumeister ist mittlerweile in eine horizontale Lage gebracht worden. Ein Kollege kommt mit einem Mobiltelefon auf Ibele zu. »Das hat vor ein paar Minuten in Häfeles Jackentasche geläutet, Inspektor.« Genau nach diesem Gerätlein steht Ibele der Sinn. Von ihm verspricht er sich viel. Vor allem eine Antwort auf die Frage, wo und mit wem Häfele seinen letzten Tag und seine letzten Stunden verbracht hat.

Vom Betriebsleiter lässt sich Ibele erklären, wie der Tote in die Bahn gekommen sein könnte. Über die Nacht befindet sich eine Kabine in der Bergstation und die zweite im Tal, wo sonst! Es ist kein großes Kunststück, sich Zutritt zur Kabine zu verschaffen. Nein, versperrt war die Kabine nicht und auch der Zugang ins Haus ist ohne Schlüssel möglich. Es ist dennoch ein eigenartiger Platz für ein an sich schon heilloses Geschehen. Wer kommt auf so eine Idee! Als hätte es einer der zahllosen Bäume draußen nicht getan!

Im Kopf des Inspektors beginnt sich ein mögliches Szenario abzuzeichnen. Jemand bringt Häfele, genauer: den toten Häfele, sagt sich der Kriminalist, jemand also bringt den toten Häfele in die Seilbahnkabine und täuscht einen Selbstmord vor. Fragt sich nur noch, woran der Funkenmeister wirklich gestorben ist. Dann überlässt man den Toten seinem Schicksal und macht sich davon. Außerhalb des Gebäudes braucht nach Fußspuren nicht gesucht zu werden, dafür hat der Schnee gesorgt; aber im Gebäude und in der Gondel sollte etwas zu finden sein. Was Ibele noch nicht weiß, aber bald wissen und sich nicht darüber wundern wird: Dieselben Spuren, Schuh-Spuren, wie in Bäckers Zimmer lassen sich sowohl in der Talstation als auch in der Kabine selbst nachweisen. Es sind undeutliche, verwischte Spuren von Häfeles modischem Haferl-Schuhwerk mit der fein gerippten Gummisohle, die er auch jetzt noch trägt, und zusätzlich klar zu erkennende Spuren von einem Paar grober, genagelter Bergschuhe. Wem zum Teufel und Kruzifix gehören die? Noch neugieriger geworden, wirft Ibele einen ersten Blick auf die Anrufliste von Häfeles

Telefon. Die als vorletzte gewählte Nummer, gestern um exakt 10.03 Uhr, hat eine Dornbirner Vorwahl, gefolgt von einer sechsstelligen Zahl, 384301. Wem gehört diese Nummer? Ibele zieht sein Handy aus der Tasche und wählt. Verschwommene Nullachtfünfzehn-Tonbandmusik und dann eine männliche Stimme, die Ibele den Puls schlagartig in die Höhe jagt: »Bezirksgericht Dornbirn. Grundbuch. Wir sind bemüht ...«

Mehr muss er nicht wissen! Das Grundbuch! Genau dort hat sich, so viel hat die verdeckt ermittelnde Jungrichterin am Dornbirner Bezirksgericht bisher aufgezeigt, genau dort hat sich der Drahtzieher aller Testamentsfälschungen verschanzt. Die von Häfele um 16.46 Uhr als letzte gewählte Nummer ist eine Mobilfunknummer. Ibele drückt die Wiederholungstaste auf Häfeles Apparat und wartet. Die Verbindung wird hergestellt, aber bis auf ein heftiges Keuchen bleibt es still. Ibele versucht es mit einem fragenden »Hallo«, da ihm nur noch heftigeres Keuchen antwortet, legt er auf. Es wird nicht schwer sein, den Besitzer des Apparates und auch seinen Aufenthaltsort auf dieser doch wohl nur zweitbesten aller Welten zu eruieren. Möglich, dass jemand mit großer krimineller Energie am Werk war, wie das jetzt gerne genannt wird. Sein krimineller Verstand dürfte dem aber weit hinterherhinken; und vielleicht nicht nur der *kriminelle* Verstand ...

Ibele verabschiedet sich nach Bregenz. Das ist auch für den Doktor das Zeichen zum Aufbruch. Wie lange denn der Baumeister bereits tot sei, fragt ihn Ibele im Auseinandergehen. Mindestens fünf, sechs Stunden, noch wahrscheinlicher aber bald nach Mitternacht würde er den Tötungszeitpunkt ansetzen, sagt der Arzt, und weist den Inspektor auf das gestockte Blut hin, das unterhalb der Ohren im dichten Backenbart und wirren Haar des Toten zu rot funkelnden, bizarren Eisgebilden gefroren ist.

Im Büro geht alles sehr schnell. Am schnellsten geht das Erscheinen des Generals. Dass er wieder einmal eine Uniform trägt, beruhigt Ibele geradezu. Sogar mit einem weißen Hemd! Das ist ja schon richtig chic! Nicht so chic findet der hohe Herr seinerseits den Tod des Funkenbauers. Jetzt rennen ihm die Zünftler die Tür ein und fürchten um ihren schönen Brauch.

»Wo kommen wir denn da hin, Ibele, wenn uns die Spitzbuben so ins Handwerk pfuschen?« Fängt der jetzt auch noch wie der Suchtprimarius mit der Moralkeule an, denkt sich Ibele in heftig aufwallender und rasch verebbender Empörung. Gekonnt vertröstet er den General mit dem Hinweis auf Häfeles Telefon und die darauf gespeicherten Anrufe, einer ganz heißen Spur. Leider darf der General davon bis auf weiteres nichts der Presse verraten, um die Ermittlungen nicht zu behindern, denn die haben, das sieht selbst der Chef so, oberste Priorität. Das Handy, von dem aus Häfeles Anruf beantwortet wurde, so stellt sich bald heraus, gehört einem gewissen Greber, Rechtspfleger und seines Zeichens Grundbuchverantwortlicher am Bezirksgericht Dornbirn. Genau unser Mann, ist sich Ibele sicher. »Aber Inspektor«, bremst Baldreich die aufkommende Euphorie, in der besonders dem General Flügel zu wachsen drohen, »eine Spur ist kein Beweis! Und was hat der Bäcker mit dem zu tun?« Doch Ibele lässt nicht locker. Allzu tief hat sich Frau Häfeles Hinweis auf Bäckers Testament in seine Erinnerung gegraben. Auch wenn es nur Fäden sind, die da zusammenlaufen, schließlich wird doch der Strick daraus, den er diesem Greber drehen wird!

Wie gerufen kommt Ibele nunmehr der Termin, den er bereits vor längerer Zeit für heute Nachmittag in der Feldkircher Staatsanwaltschaft vereinbart hat. Eine sehr enge und gleichwohl geheime Zusammenarbeit von Justiz und Polizei ist in der Testamentsgeschichte nun unumgänglich. Die Ermittlungen in der leidigen Affäre laufen über Frau Doktor Karina Rossi. Kein leichtes Amt, hat sie doch auf der Seite der Opfer meist mit Teil- oder Vollentmündigten, wenn nicht gleich mit längst Verblichenen zu schaffen, und auf der Seite der Täter wiederum mit durchwegs arrivierten und versierten Kollegen aus den – im weiteren Sinn – eigenen Reihen, bzw. deren in demenzähnlichen Zuständen vegetierenden Mandanten. So ist der Vorwurf der Befangenheit noch etwas vom Harmlosesten, mit dem sich die tüchtige Beamtin konfrontiert sieht.

Dem General will es gar nicht recht einleuchten, dass er sich nun auch noch mit der Testamentsgeschichte befassen soll. Es nützt nichts. Mittlerweile ist Grebers Telefon geortet worden. Ibele zeigt dem General auf einer schmucken Wandkarte, wo sich der Grundbuchsexperte herumtreibt. Es ist der Klusberg, eine Vorsäßsiedlung oberhalb von Schwarzenberg, vom Bödele aus relativ leicht zu erreichen. Obwohl es da oben sicher ein bis eineinhalb Meter Neuschnee abgeladen hat seit gestern. Ohne Skier geht da nichts mehr. Mühsam schleppt sich der Vormittag dahin. Eine im Bregenzerwald ihre Winterübung absolvierende Gebirgsjägerkompanie wird kurzerhand in die Suche eingebunden. Die Alpinsoldaten des Bundesheeres schwärmen zwar unter der Führung des forschen Jägermeisters, sprich Bataillonskommandanten, sogleich aus, aber viel mehr als den einen oder anderen Fuchs zu erschrecken: *zu erschröcken den Fuchs,* wie der General halblustig formuliert, auf einen der schneidigsten und umtriebigsten Offiziere des Landes anspielend, ist ihnen bislang nicht gelungen. Das nach wie vor schwarz über den See auf die Stadt zu ziehende Gewölk schiebt Ibeles Stimmung bis ins dunkelste Eck seines Büros. Noch dazu macht der General ordentlich Druck. Er will pressetaugliche Neuigkeiten oder lieber gleich den Greber. Zumtobel wird für morgen früh ins Kommando bestellt. An Tagen wie diesen macht es sich überdies doppelt bezahlt, dass der Kantinenpächter kompromisslos auf der Slow-food-Schiene fährt. So kann sich Ibele für eine halbe Stunde der Illusion hingeben, in einem Ristorante irgendwo auf Sardinien zu sitzen.

Wer sucht verschwindet

Für die Fahrt nach Feldkirch nimmt Ibele den Zug. Abfahrt um 13.16 Uhr vom Bregenzer Bahnhof, dessen Tage magere 21 Jahre nach der Erbauung bereits wieder gezählt sind. Ein Schaden ist das vom optischen und praktischen Standpunkt aus keineswegs. Die wirtschaftlichen oder politischen Überlegungen und Ränke hinter der Sache will Ibele weder kennen noch verstehen. Ankunft in Feldkirch um 13.40 Uhr. Da lässt man das Auto gerne stehen. Sogar wenn der Zug einen so skurrilen Namen trägt wie »Österreichischer Städtebund«. Man ist ja schon froh, nicht im Eurocity »Wienerin – das Frauenmagazin«, »Hitradio Ö3«, »Urlaub auf dem Bauernhof« oder gar »Karriere beim Heer« zu sitzen. Abgesehen von diesen semantischen Geisterbahnfahrten verläuft die kleine Reise störungsfrei und fahrplanmäßig: pünktlich, flott und kundenfreundlich wird Ibele ans Ziel gebracht. Sogar der Espresso im Speisewagen ist tadellos. Ein viertelstündiger Spaziergang durch das alte Studierstädtlein bringt den Inspektor in die Kanzlei der Frau Staatsanwältin.

Obgleich sie von den heutigen Ereignissen und vor allem von Grebers Anteil daran keine Ahnung haben kann, taucht der Name des Dornbirner Grundbuchverantwortlichen in ihrem ausführlichen Exposé der Geschichte der gefälschten Testamente mehrmals an markanten Stellen auf. Der aus Bezau stammende und dort noch immer wohnhafte Greber ist eine der Schlüsselfiguren der Affäre. Das ergibt sich zweifelsfrei nach den Aussagen der bisher festgenommenen Gerichtsmitarbeiter einerseits und andererseits hat er sich durch seine absonderliche Rechtschreibung entlarvt, die vor allem durch äußerst unorthodoxe Beistrichregeln besticht. Er scheint ein generelles Faible für das Komma zu haben und es ein wenig wie Kilometersteine in seine Texte zu streuen. So markieren Beistriche in von ihm bearbeiteten Schriftstücken, Testamenten oder anderen Urkunden nicht so sehr grammatikalische Phänomene als vielmehr sehr persönliche Bewertungen der beschriebenen Inhalte. Dadurch ist jedes Schriftstück von seiner Hand ebenso leicht zu erkennen wie zu fälschen. »Wir können daher davon ausgehen, dass wir es sozusagen mit gefälschten Fälschungen zu tun haben«, resümiert Dr. Rossi resigniert. Im Übrigen, eröffnet sie Ibele weiter, hat sie sich zur Zusammenarbeit mit der Kriminalpolizei entschlossen, weil sie, der Aufklärung der Sache so nahe wie noch nie, in den Gerichts- und Anwaltskanzleien der sprichwörtlichen undurchdringlichen Mauer des Schweigens gegenübersteht. Einzig ein Dornbirner Notar, der bislang sage und schreibe 1304 Seiten verdächtiger Dokumente zur Vorlage gebracht hat und regelmäßig warnende Hinweise auf nebulose Akten in Umlauf setzt, arbeitet ihr seit Beginn der Ermittlungen zu. Der Greber ist so verstockt wie kein anderer. Er lässt sie kaltblütig abblitzen. Einer Vorladung für heute früh ist er unentschuldigt nicht gefolgt. Das ist für Ibele der Moment, die Staatsanwältin über die jüngsten Geschehnisse zu informieren und sie gleichzeitig zu bitten, den Greber ihm zu überlassen.

Auf dem Rückweg zum Bahnhof gönnt sich Ibele einen weiteren Espresso im berühmten Café Canano. Fast wie in einem Wiener Caféhaus soll es hier sein, und der Kaffee fast wie in Italien. Stimmt. Fast. Das soll aber nicht seine Sorge sein, sagt sich Ibele, zum Glück hat er andere. Das macht ihm spätestens Baldreich klar, sobald der Inspektor am Schreibtisch sitzt. Grebers Mobiltelefon ist neuerlich im Bereich des Klusberges geortet worden. Außerdem liegt eine Abgängigkeitsanzeige seiner Gattin vor, da er gestern nicht vom Dienst nach Hause gekommen ist. Und ja, ergänzt Baldreich, ein Anruf bei der Frau hat ergeben, dass ihr Mann im Winter für die Fahrt ins Büro genagelte Bergschuhe anzieht, offenbar auch gestern, denn in der Garderobe des Bezauer Hauses fehlen sie.

Ibele und Baldreich holen sich bei Untersuchungsrichter Dr. Meyer einen Durchsuchungsbefehl für Grebers Büro und fahren ins Dornbirner Bezirksgericht. Seit ein, zwei Stunden schneit es wieder in dicken Flocken. Vor dem Bezirksgericht schaufelt ein mürrischer Hausmeister Parkplätze frei. Das Fräulein am Empfang kündigt an, die Herren im Grundbuch anmelden zu wollen und verweist auf Ibeles überraschte Frage, ob denn der Herr Rechtspfleger im Hause sei, auf sein auf dem reservierten Parkplatz vor dem Eingang abgestelltes Auto. Die mächtige Schneehaube lässt allerdings auf eine längere Parkdauer schließen. Grebers Sekretär tritt geschäftig auf den Plan. Ein blutarmes, blasses, hohlwangiges Büblein mit der verschrumpelten Gestalt und dem Husten eines Hundertjährigen empfängt die Inspektoren. Unter seiner Mithilfe öffnen Ibele und Baldreich die vielen Schubladen von Grebers verwinkeltem und vollgepfropftem Schreibtisch. Schließlich finden sie, wonach sie suchen: Bäckers Testament. Es liegt auf einem dicken Stapel anderer Dokumente in einer unversperrten Lade. Wie das hierher kommt, fragt Ibele das Bübchen. »Oh«, erklärt der Assessor mit seiner sich ins Falsett überschlagenden Stimme und streicht sich dabei Strähnen fettigen Haares aus der pickligen Stirn, »das hat der Herr Greber am Sonntag hinter Bäckers Haus gefunden, das heißt hinter dem der Vermieterin, hat er gesagt! In einem Stapel Brennholz in der Kirchengasse hat er es aufgestöbert! Toll, oder? Er hat es mir am Montag zum Kopieren gegeben. Mit Testamenten kennt er sich nämlich aus, der Herr Greber«, fügt der Picklige ehrfürchtig hinzu. Keinerlei Zweifel scheinen sein eher flaches Denken zu belasten. Ibele überfliegt das von Hand verfasste Testament. Zuerst fällt ihm das Datum auf: 28. Februar 2011. Der Wisch ist keine drei Wochen alt. Alleinerbin ist eine gewisse Afra Grabher. Frau Häfele findet erwartungsgemäß keine Erwähnung in dem Schreiben. Unverzüglich entschuldigt sich Ibele für ein paar Minuten, winkt Baldreich zu sich und verlässt mit ihm das Büro. Er setzt sich im menschenleeren Gang auf einen der wackligen Holzstühle mit ihren Inventarnummern aus den 1950er-Jahren. Er wählt Laura-Elisabeth Häfeles Telefonnummer. Ihre klare Stimme ist unterlegt von dunkel vibrierendem Motorengeräusch. Sie sei zwar im Auto, könne aber sehr wohl reden, »Freisprechanlage, Herr Inspektor«, erklärt sie lachend. Ibele hat nicht gewusst, dass einem auch ein fremdes Lachen im Hals stecken bleiben kann.

»Frau Häfele, ich bin hier im Bezirksgericht Dornbirn. Wir haben das Testament von Herrn Bäcker gefunden. Kennen Sie eine Frau Grabher, Afra Grabher?«

»Afra Grabher?« Jetzt ist es mit dem Lachen vorbei. Die Witwe zischt den Namen ins Telefon, als hätte sie eine Chilischote zwischen den Zähnen.

»Ja, Afra Grabher, geboren 1917, wohnhaft in Dornbirn, Rosenstraße …«

»Was ist mit der?«, schreit Frau Häfele beinahe, »sie ist eine verkalkte Tante meines Mannes.«

»Die Frau Grabher ist Bäckers Alleinerbin.« Ibele sagt das instinktiv in dem Ton, in dem man mit Selbstmördern auf einem Hochhausdach spricht … Prompt pfeift das Geräusch quietschender Reifen in sein Ohr.

»Die Afra! Alleinerbin! Das darf nicht wahr sein! Und ich?« Dann ist es still im Jaguar. Er hat wohl zugebissen.

»Ich würde gerne mit Ihnen sprechen, Frau Häfele«, sagt der Inspektor auf Baldreichs Zeichen hin.

»Dann kommen Sie bitte in einer halben Stunde zu mir.« Das ist Einladung, Befehl und Verabschiedung gleichzeitig.

Fragen über Fragen. Wer ist die Frau Grabher? Wie kommt sie in das Testament? Was hat der Greber auf dem Klusberg zu suchen, wenn sein Auto auf dem Parkplatz in Dornbirn steht? Wenigstens diese Frage klärt sich alsbald. Das Auto auf dem Parkplatz erweist sich nach Entfernung der Schneeschicht als von irgendjemandem, aber nicht von Greber vergessenes. Das ist einerseits Erleichterung, andererseits: Wo ist Greber wirklich? Also doch auf dem Klusberg? Wozu nur?

Der eh schon trübe, lichtscheue Tag geht endgültig in den Abend über, als die beiden Kriminalisten durch den Schneematsch zur Baumeister-Villa spazieren. Ibele mag die romantische, weltabgewandte Stimmung nicht unterdrücken, die von den gleichmäßig fallenden Schneeflocken und dem warmen, aus den erleuchteten Stuben dringenden Licht ausgeht. Zölestine öffnet elektronisch das Gartentor, bei dessen Durchschreiten ein Glöcklein hell bimmelt; dann erwartet sie die Gäste persönlich an der reich verzierten hölzernen Haustür. Ibele grüßt auffallend höflich und verschwindet mit ihr, den verdutzten Baldreich zurücklassend, für ein paar Minuten in einer Art Putzkammer.

Durch die angelehnte Tür dringen nur vereinzelte Worte in den Flur: Zumtobel, Freitag, Abend … Schon ist Ibele wieder zurück, klappt sein schwarzes Notizbuch zu und steckt den Bleistift ein. Die Stimmung im Haus ist auffällig anders geworden seit gestern. Warum wird Ibele das Gefühl nicht los, die Räume seien heute größer und freundlicher? Liegt das an der Erscheinung der Hausfrau, die in einem beinahe bodenlangen, tannengrünen Kleid mit einem breiten, ockergelben Gürtel auf die Herren zusteuert? Sie lässt Ibele keine Zeit für weitere Überlegungen. Kaum sind sie im kleinen Salon, den Ibele bereits kennt, angelangt, legt sie los:

»Die Afra Grabher ist Bäckers Erbin, stimmt das wirklich, Herr Inspektor? Ich glaube es nicht!«

»Ja, es stimmt.« Fast hätte Ibele noch *leider* hinzugefügt. »Das Testament ist formal einwandfrei, Datum, Unterschriften, alles da; beglaubigt von Bruno Greber und Ihrem Mann höchstpersönlich.« Ein paar Beistriche sind überflüssig in dem Testament, denkt sich Ibele, er behält es für sich. »Greber steht übrigens im dringenden Verdacht, Ihren Mann umgebracht zu haben.«

»Meinen Mann *umgebracht*? Hat er sich denn nicht …? Mein Gott, ich hab's gewusst! Ich hab's immer gesagt!«

»Was haben Sie gewusst und wem haben Sie was gesagt, Frau Häfele?« Ibele kann sich schon denken, was sie gewusst hat.

»Ich habe gewusst, dass mein Mann mit dem Wilfried nicht wirklich fertig war. Dem Wilfried habe ich gesagt, er soll aufpassen, er soll verdammt nochmal aufpassen und sich in Acht nehmen vor dem Baumeister.«

»Wer ist nun diese Frau Grabher?«

Die Witwe hebt einen schlanken Arm und zeigt mit ihrer wohlgeformten Hand, es ist die rechte, unberingte, durch das breite Fenster quer durch den Park. Dort steht ein überdimensionierter Pavillon, ein Gartenhäuschen der feudalen Dimension.

»Da drüben wohnt sie. Es ist eine Tante meines Mannes, schon über 90 Jahre alt und geistig völlig abgetreten, seit mehr als zehn Jahren ist sie entmündigt. Der einzige Neffe, Häfele, ist, das heißt war, als Vormund eingesetzt. Sie lebt dort mit einer fast gleich alten Haushälterin. Als wir geheiratet haben, ist sie zu uns, also in dieses Gartenhaus, gezogen. Mein Mann wollte es so. Woraus besteht denn das Erbe, wenn ich fragen darf?« So zittrig kennt Ibele diese Stimme noch nicht.

»Das Erbe besteht laut Testament aus einem riesigen Baugrund zwischen Dornbirn und Schwarzach, der muss einige Millionen wert sein; außerdem enthält es eine beträchtliche Summe auf alten Sparbüchern.« Frau Häfele sinkt weit zurück in ihren Fauteuil. Nach wenigen Sekunden geht ein Ruck durch ihren Körper und sie springt auf.

»Habe ich Ihnen nicht am Montag gesagt, sie sollen auf Bäckers Testament aufpassen! Diese Halunken!«

»Können wir denn die Frau Grabher sprechen?«

»Sie können es versuchen, Herr Inspektor, und es wird so oder so aufschlussreich sein für Sie. Aber heute sicher nicht mehr, am ehesten morgen nach dem Mittagsschläfchen. Da hat sie ihre besten Momente.« Man möchte schon wieder meinen, die ganze Sache ginge Frau Häfele nichts an.

»Übrigens, Herr Inspektor«, ein flüchtiges, schelmisches, auch Baldreich einschließendes Lächeln legt sich um den fein gezeichneten Mund, »der König, Sie wissen schon, der entlassene Hexenmeister, hat mich angerufen. Er hat vorgestern ein Mail meines Mannes erhalten, in dem der ihn stinkfreundlich einlädt, nächstes Jahr wieder den Hexenbau zu übernehmen. Ich soll meinem Mann ausrichten, er könne ihn ... Sie verstehen! Zu spät.« Frau Häfele findet das komisch. Für Ibele ist es nicht ganz klar, was daran lustig sein könnte. Dem verblichenen Ehemann endlich und posthum eins auszuwischen vielleicht? Eine allzu simpel anmutende Genugtuung für eine geborene Hämmerle, nicht wahr?

Die Rückfahrt nach Bregenz verläuft recht schweigsam. Ibele ist hin und her gerissen zwischen seinen romantischen Anwandlungen und der Fassungslosigkeit ob der Ahnungen, die er in Bezug auf Greber hat. Baldreich konzentriert sich, um im dichten Verkehr all den ziemlich unkontrolliert über die Schneefahrbahn driftenden Autos auszuweichen. Ibele lässt sich zuhause absetzen, Baldreich wird vorläufig die Stellung im Kommando halten. »Bring mir Grebers Kopf!«, fordert der Inspektor seinen Assistenten zum Abschied auf und es klingt ernster, als Ibele lieb ist.

Sehr viel Zeit bleibt Ibele nicht für sein Abendessen, denn er wird heute noch eine kleine Nachtschicht einlegen müssen. Dafür gibt es eines von Ibeles sentimentalen Lieblingsgerichten, nämlich einen Wurstsalat, einfach und gediegen. Wie immer bei diesem Gericht geht Ibele selbst ans nicht zu unterschätzende Werk. Nichts als feinste Extrawurst (keine Schüblinge!), scharfe rote Zwiebeln, knackige Essiggurken, Salz und Pfeffer, Essig und Öl, und – als i-Tüpfchen – Paprikasalat aus dem Glas. Die leuchtend roten Streifchen müssen einfach sein. Das aromatische, sauer eingelegte Gemüse ist eine Kindheitsreminiszenz erster Klasse. Was die unwillkürliche Auferstehung längst vergessen geglaubter Welten betrifft, wirkt sie fast so sicher wie das berühmte, mit Lindenblütentee getränkte *Madeleine*-Gebäck des phänomenalen französischen Zeitsuchers! Dazu verspeist Ibele Vochazers Kümmelpärle und trinkt ausnahmsweise ein Glas Süßmost. Bald schon treibt ihn die Fahndung nach dem weiterhin flüchtigen Greber erneut hinunter ins Kommando. Auf dem Weg durch die verlassenen Straßen der vom Schnee stillgelegten Stadt genehmigt sich Isidor die erste Gauloise an diesem hektischen Tag. Sogar der General ist noch im Dienst. Am liebsten würde er selbst nach dem Flüchtigen suchen, wenn er nur wüsste in welcher Adjustierung. Die Sache mit der alten Frau Grabher will er so wenig glauben wie der Chefinspektor. Was in drei Teufels Namen hat die verwirrte alte Dame in Bäckers Testament zu suchen? Es ist wohl kaum allein ihrem Geisteszustand zuzuschreiben, dass sie nichts davon weiß! Dass sie keine Ahnung hat von dem, was um sie herum vorgeht, ist für Ibele nach Frau Häfeles Hinweisen klar. Trotzdem will er mit ihr reden.

Dann kommt wider Erwarten doch noch eine Meldung herein. In Schwarzenberg hat sich ein Jäger gemeldet. Er ist vor mehr als drei Stunden in der Klusberg-Gegend tatsächlich auf einen Mann getroffen. Der sei zwar offensichtlich nicht auf Wildbret aus, aber gekleidet wie ein Jäger und mit einem Jagdgewehr bewaffnet. Zudem macht er einen reichlich verwirrten Eindruck. Das muss der gesuchte Greber sein! Allerdings: Das Gebiet um den Klusberg ist riesig und unwegsam, bei der aktuellen Schnee- und Wetterlage außerdem kaum begehbar. Die Bundesheerkompanie, die mittlerweile in die Bregenzer Kaserne zurückgekehrt ist, könnte morgen bei Tagesanbruch die Suche wieder unterstützen, dazu noch Alpingendarmerie und ein paar Mann von der Bergrettung. Die kennen das Gelände am besten. Viel verspricht sich Ibele trotzdem nicht von der Herumrennerei. Wenn Baldreichs Theorie, die der vorläufig lieber für sich behält, stimmt, spielt da ein halber oder ein ganzer Tag keine Rolle. Das Handy hat Greber inzwischen ausgeschaltet. Somit reicht sein krimineller Verstand im dem Fall leider weiter als die polizeilichen Ortungen. Ibeles einziger Trost, der auch für den General noch reichen muss, besteht darin, dass Greber in diesem Wetter nicht weit kommen wird. Baldreich scheint keinen Trost zu brauchen. Er hat seinen Verstand. Und ob einer bei Trost ist oder bei Verstand, ist – wenigstens vom Ergebnis her – kein messbarer Unterschied.

Durch die mittlerweile tief verschneite Stadt spaziert Ibele nach Hause. Was ist passiert gestern und heute in Dornbirn? Wie es ausschaut, haben sich Häfele und Greber gegen Abend getroffen, irgendwo im Gütle. Wer, wenn nicht der Greber, soll es gewesen sein, den der König mit dem Baumeister gesehen hat? Und dann hat der Greber den Baumeister von den Lebenden zu den Toten befördert. Warum auch immer! Wirklich schwer ist es nicht mehr, sich den Grund vorzustellen. Dass der vorgetäuschte Selbstmord jemanden überzeugen könnte, hat Greber sicher selbst nicht geglaubt. Deshalb befindet er sich nun auf der Flucht. Es wird ihm alles miteinander ein bisschen viel geworden sein: das mit den gefälschten Testamenten und den Nachstellungen von Dr. Rossi, die Sache mit den inhaftierten Kollegen und dem Druck der Medien – und jetzt auch noch der tote Baumeister, der sich nicht so einfach um Bäckers Erbe bringen lassen wollte.

Rosalia sitzt lesend im gemütlich warmen Wohnzimmer. Der »Nachsommer« musste nicht nur dem Winter weichen, sondern noch mehr der Vorbereitung der Parisreise; so ist das Rösle in einen dicken Paris-Führer vertieft und brütet über Museumsbeschreibungen und Restaurantkritiken. Auch wenn in seinem Kopf eher eingeschneite Berghütten kreisen, kann Ibele die Begeisterung seiner Frau für die in einen ehemaligen Bahnhof hineingebauten Hallen des Musée d'Orsay ebenso teilen wie die für den Louvre und die zahllosen Bistros und kleinen Restaurants. Letztlich ebenfalls, wenn auch mit Vorbehalten, für die todschicken Boutiquen, vielstöckigen Warenhäuser und sonstigen Läden sonder Zahl. Sich auf das anstehende Strohwitwertum einzustellen hat er noch keine Zeit gefunden, das kann warten bis morgen. Schon mahnt Rosalia zur Nachtruhe; morgen muss sie in aller Herrgottsfrüh aus den Federn.

Sprich aus, was das Feuer nur zögernd sagt,
Äthersonne, Wagnis des Lichts,
Und stirb daran, es für alle gesagt zu haben.
RENÉ CHAR

Wo soll ich fliehen hin

Für heute begnügt sich Isidor mit einem Kaffee aus der Espressomaschine, denn seine Rosalia ist schon zu nachtschlafener Zeit nach Paris aufgebrochen. Bis Montagabend ist sie fort. Eh nicht schlecht, denkt sich der Strohwitwer, allerdings nur ob des aromatischen Getränks in seiner Tasse. Freut er sich doch gleichzeitig auf das nächste Frühstück mit seinem Rösle und dem frisch gefilterten Kaffee. Es geht natürlich nicht um den Kaffee: Es geht ums Rösle! Er wundert sich ein wenig darüber, wie leicht sich doch manche Gewohnheiten vorübergehend durchbrechen lassen. Zum Beispiel die des vom Rösle gekochten und ans Bett servierten Morgenkaffees. Diese Überlegungen sind aber nicht so dringend, dass sie Ibeles inständige Hoffnung zu übertönen vermöchten, den Schneemann Greber bald in Gewahrsam nehmen zu können. Er hat überhaupt keine Lust, den Kerl noch ein ganzes Wochenende lang durch die Gegend zu jagen. Natürlich gilt die in letzter Zeit viel strapazierte Unschuldsvermutung. Aber einen Verdacht wird man schon haben dürfen, oder? Auch wenn es schwer sein wird, den Spitzbuben gegebenenfalls seiner *gerechten* Strafe zuzuführen: Die Freiheit mag ihm der Inspektor dennoch nicht gönnen. Mit tiefschürfenden Überlegungen zum Charakter der *gerechten* Strafe im Besonderen und der Strafe im Allgemeinen einerseits sowie die den morgendlichen Kaffeeduft einschließenden Annehmlichkeiten des Ehelebens andererseits beschäftigt, erreicht

Ibele nach kurzem Gang durch die verschneite Stadt das Kommando.

Nichts Neues von Greber, die Suchtrupps sind eben wieder auf dem Weg ins Klusberggebiet. Es schneit weiter. Seit zwei Nächten, seit über dreißig Stunden ist Bruno Greber allein unterwegs. Lebt er noch? Zuhause ist er nicht. Für Ibele hätte es der Patrouille nicht bedurft, die man der armen Ehefrau ins und vors Haus geschickt hat. Der Greber ist keiner, der zuhause Zuflucht nimmt. Er hat kein Zuhause. Im Amt ist er noch weniger, obwohl es das Sekretärlein im Grundbuch heftig bejammert. Der Klusberg schließlich ist bei dem Wetter auch kaum mehr als eine Falle, die ein Entkommen nur in eine Richtung halbwegs realistisch erscheinen lässt. Nämlich ins Tal. Natürlich gibt es da oben genug Verstecke: Vorsäß- und Jagdhäuschen oder mit Heu gefüllte Hütten, wie sie zuhauf in den Feldern entlang der Bregenzerache und manchmal auch noch auf den Bergwiesen stehen. Oder, wer weiß, vielleicht hat Greber längst Unterschlupf bei einem Komplizen gefunden?

Bartholomäus Zumtobel ist angesagt. Als entwurzeltes Häufchen Elend sitzt er im Gang vor Ibeles Büro und harrt der Dinge, die auf ihn zukommen. Fräulein Hagen führt ihn zum Inspektor. Diese dritte Begegnung mit dem Kriminaler ist Zumtobel offensichtlich unangenehm. Die rechteckigen Knöpfe seines Mantels widerstehen den Öffnungsversuchen der zittrigen Finger, seinen Hut zerdrückt er beinahe in den groben Händen. Da fühlt sich Bartholomäus zwischen Frau Häfeles exotischen Sträuchern denn doch um einiges wohler.

»Also, Herr Zumtobel«, beginnt Ibele nach kurzem Schweigen, während dem er sein Gegenüber fixiert und einen Stapel Papiere säuberlich vor sich neben sein aufgeschlagenes schwarzes Notizbuch gelegt hat, »wie war das am vergangenen Freitag? Wann haben Sie den Bäcker zum letzten Mal gesehen und wann sind Sie weggegangen?« Zumtobel glaubt sich schon fast aus dem Schneider.

»Wie ich gesagt habe: Beim Dreiuhrläuten ist der Wilfried gekommen und nach einem Schnaps ins Haus gegangen. Ich selbst bin eine Stunde später fort.« Er schaut prüfend auf den Inspektor.

»Die Zölestine ist da anderer Ansicht. Sie hat den Baumeister noch um 18.00 Uhr mit dir reden hören, und zwar in der Garage.« Ibele weiß, dass das keine Frage ist, aber er weiß ebenso gut, dass sich Zumtobel der in der Aussage enthaltenen Unterstellung nicht lange entziehen wird können. Schon windet sich der Gärtner wie ein vom Spaten zerteilter Regenwurm.

»Stimmt … ich war … ich bin … ich habe …«

»Komm, red, Zumtobel, das ist keine Deutschprüfung hier! Du machst alles noch schlimmer mit deiner Lügerei!« Der Lieblingssatz Ibeles ist angebracht, seinem ruhmlos verflossenen Lehroffizier die Ehre erwiesen, jetzt gibt es für Zumtobel keine Schonung mehr. »Heraus mit der Sprache: Wie ist der Bäcker in die Hexenkleider gekommen?«

»Ja, weißt du, Inspektor«, dass Zumtobel jetzt auch auf das kumpelhaftere Du umsteigt, ist für Ibele kein Problem, im Gegenteil. Es signalisiert für ihn Nähe: vor allem die des Sprechenden zu sich selbst. Nähe und damit Wahrheit. »Der Häfele hat mich, als ich grad weggehen wollte, so gegen vier also am Nachmittag, ins Haus gerufen. Ganz freundlich hat er getan. In einem Zimmer ist der Bäcker mit einem Riesenrausch so gut wie bewusstlos auf dem Kanapee gelegen. Er will ihm einen Denkzettel verpassen, hat der Häfele gesagt. Dazu haben wir ihm die Hexenkleider anziehen müssen. Inzwischen habe ich selbst schon einen halben Dullijö bekommen, weil mir der Häfele dauernd Schnaps nachgeschenkt hat! Zum Schluss habe ich ihm noch geholfen, den Wilfried ins Auto zu verfrachten, damit ihn der Häfele nach Hause fährt. Mich hat er heimgeschickt. Da wird's sicher schon sechs oder halb sieben gewesen sein, dunkel auf jeden Fall.« Spontan entfährt Ibele ein unschönes Wort. Zumtobel nimmt es ruhig hin, es gilt nicht ihm, das spürt sogar er. Ibele schweigt. Er denkt. Ja, so könnte es gewesen sein. Dann bringt der Baumeister seinen Ex-Nebenbuhler nicht nach Hause, sondern zum Funkenplatz und lässt ihn erfrieren. Was noch nicht die Frage beantwortet, warum er das tut. Späte Rache? Frühere Verhältnisse oder gegenwärtige Gier?

Nimm was dein ist

Vor der Fahrt zu Bäckers Erbnehmerin geht sich für den Inspektor ein kurzes Mittagessen beim Rimmele aus. In jener Metzgerei also, die er seit einiger Zeit mit einer ganz neuen Motivation aufsucht, da die rührige Metzgerin begonnen hat, dort mittags neben den üblichen toten Tieren jeweils ein vegetarisches Menü anzubieten. Noch dazu nicht das gewöhnliche Verlegenheitsgeköche aus wässrigem Dosengemüse mit versalzenem Ei, sondern Fleischloses von der echt elaborierten Kategorie. Heute kredenzt Frau Rimmele eine von Ibeles Leibspeisen, eine Einbrenn-Fisolensuppe. Danach ein Kürbisgulasch mit gegrillter Rosmarinpolenta. Der Vegetarismus ist ja für den Inspektor keine Religion und noch nicht einmal eine Philosophie, obwohl er sich, angeregt von tiefschürfenden Feuilleton-Diskussionen, vermehrt Gedanken um seine Ernährungsgewohnheiten macht. Eher ist er eine willkommene Ergänzung seiner primär fleischlichen Gelüste. Nebenbei handelt es sich um einen gewissen Tribut an die Vernunft und das von der Schöpfung ausgehende Recht oder das ihr geltende Gewissen. Es hat einen ganz besonderen Reiz, sich inmitten der wohl sortierten Fleischtheke, in der allerhand Leckerbissen aus selbstverständlich biologischer, artgerechter und regionaler Viehzucht appetitlich angerichtet sind, in lukullisch aufgemotzter Entsagung zu üben.

Es geht bereits auf zwei Uhr nachmittags zu, als sich Ibele – wieder mit dem Zug: in diesem Wetter, in diesem

Braus! – auf den Weg nach Dornbirn macht. Vom Dornbirner Bahnhof aus folgt er der Spitze der Stadtpfarrkirche, überquert den fast menschenleeren Marktplatz mit seinen vornehmen Häusern voller Anwaltsbüros und steht nach Durchquerung des verwaisten Häfeleschen Parks alsbald vor Frau Grabhers eigenwilliger Behausung. Als Läuten und Klopfen ungehört verhallen, tritt Ibele in einen dunklen Flur, in dem ihn eine lebensgroße Gips-Büste erschreckt: Was hat der gute alte Schiller hier verloren? Dann tastet er sich vorsichtig über eine gewundene, enge Stiege in den ersten Stock des Pavillons hinauf. Von einem schwach erleuchteten Gang mit knarrendem Parkett zweigen nach wenigen Schritten links und rechts Türen ab. Die zur Rechten steht halb offen: Eine alte Frau, es muss Frau Grabher sein, nimmt soeben ihren Nachmittagskaffee ein – allein im dunkel getäfelten Speisezimmer am Acht-Personen-Tisch. Weißes Porzellan und silberne Schüsselchen spiegeln das Licht eines fünfarmigen Kerzenleuchters. Links geht's in die Küche. Auch hier sitzt jemand, die Haushälterin. Das ist ein erstaunlich vitales, weißhaariges Weiblein von gut und gern 80 Jahren. Von ihrer Dienstherrin wird sie unbeirrt »Fräulein Elsa« gerufen, und das seit deutlich mehr als 60 Jahren, seit sie im heißen Frühsommer 1945 inmitten der Wirrnisse des im allgemeinen Chaos versinkenden Kriegsendes in diesen verschlafenen Winkel der Welt verschlagen wurde. Damals ist sie in ihrer ersten, aber alsbald überschatteten Mädchenblüte aus einem niederschlesischen Dorf aufgebrochen, unfreiwillig natürlich, und von einem der zahllosen Flüchtlingsströme nach Vorarlberg geschwemmt worden. Fräulein Elsa sitzt aufrecht, *herrisch* möchte man es nennen, am kleinen Dienstbotentisch in der Küche. Bevor sie ihr rituell dem Mittagessen folgendes Gläschen Brombeerlikör nicht ausgetrunken hat, hört sie weder das Klingeln noch sonst etwas. Ihr Standesbewusstsein steht dem ihrer Dienstgeberin um nichts nach. Obwohl sie aus denkbar entgegengesetzten Himmelsrichtungen kommen, wissen sie beide genau, was sie sich selbst schuldig sind. »Nee« hält sie dem Inspektor ohne jede unangebrachte Zurückhaltung entgegen, »bei mir brauchen Se nischt zu läuten! Isch höre gar nischt, bevor es dreie jeschlagen hat!« Dass Frau Elsas Haarschopf von einem gestärkten weißen Spitzenhäubchen gekrönt wird und ein schwarzes, wadenlanges, sorgfältig geschneidertes Hauskleid mit fleckenloser Schürze sie trefflich kleidet, wundert Ibele dann schon nicht mehr. Man hält hier auf Formen. Formen und Frauen. Es riecht nach Bohnerwachs und Möbelpolitur und nichts als das Ticken einer Uhr ist zu hören.

Ibele umgeht so dezent wie möglich das unnahbare Fräulein Elsa und betritt in aller gebotenen Höflichkeit und Zurückhaltung das Speisezimmer. Die Szenerie, auf die er dort trifft, erinnert ihn unwillkürlich an den regelmäßig zu Silvester über die Bildschirme flackernden Sketch »Dinner for One«. Er ist sich auch schnell der weitgehenden Parallele, um nicht Identität zu sagen, zwischen Frau Grabher und *Miss Sophie* bewusst, die mit ihren imaginären Freunden Geburtstag feiert. Ibele kann es nicht ganz vermeiden, sich in der Rolle des servierenden Butlers James wiederzufinden, der Miss Sophies bereits verstorbene Freunde verkörpert. Nachdem er den Eindruck gewonnen hat, Frau Grabher habe sein Erscheinen nun zur Kenntnis genommen, versucht er es tapfer:

»Guten Tag, Frau Grabher. Entschuldigen Sie bitte die Störung. Ich bin Inspektor Ibele von der Kriminalpolizei in Bregenz. Wenn ich Ihnen ein paar Fragen stellen darf, ist mir sehr geholfen. Es geht um einen Herrn Bäcker und Ihren Neffen, den Baumeister, sowie um Ihr Testament.«

»Ah, Herr Direktor, da sind Sie endlich! Fragen Sie ruhig, Herr Direktor, fragen Sie. Und reichen Sie mir doch bitte den Zucker, ja!«

Ibele geht um den Tisch herum, stellt die silberne Zuckerdose vor die alte Dame, nimmt den Deckel ab und legt ein silbernes Löffelchen zurecht.

»Wir haben ein Testament gefunden, in dem Ihnen ein Herr Bäcker, der leider am Sonntag verstorben ist, ein sehr großes Vermögen vererbt. Kennen Sie den Herrn Bäcker?«

»Den Bäcker? Sie meinen den in der Kirchengasse?« Die alte Dame kennt sich ja doch aus! Ibele glaubt sich wider Frau Häfeles Voraussage auf dem richtigen Weg. Aber:

»Hat denn die Elsa heute frei, Herr Direktor? Wo ist bloß mein Rahm wieder hingekommen?« Noch will Ibele seine aufkeimende Hoffnung nicht fahren lassen.

»Hier ist der Rahm, Frau Grabher, vor Ihnen!«, und er rückt ein wiederum silbernes Kännchen noch näher zu der Dame. »Also Sie kennen den Herrn Bäcker aus der Kirchengasse?«

»Ja, natürlich, Direktor. Die allerbesten Semmel hat er gebacken. Nur hat er gleich nach dem Krieg leider zugesperrt. Sie wissen, kein ordentliches Mehl war da, niemand hat ein Geld gehabt, eine furchtbare Zeit war das. Weg war er, der Bäcker. Heute können sie ja alle miteinander nicht mehr backen!« Mit einem geringschätzigen Blick und einer abwertenden Geste zeigt sie auf das wohlgefüllte Brotkörbchen auf dem Tisch.

»Hat Ihnen der Herr Baumeister Häfele nie etwas von Bäckers Testament erzählt? Sie sind eine reiche Frau geworden!« Bei der Erwähnung des Baumeisters winkt die Dame den Inspektor näher zu sich, senkt verschwörerisch die Stimme.

»Nehmen Sie sich in Acht vor meinem Neffen: Er will mich verkuppeln! Jetzt hat er Hausverbot bei mir! Ich lasse mir das nicht gefallen. Mein August selig dreht sich im Grab um. Wo bleibt die Elsa mit meinem Schal?«

»Der Herr Häfele will Sie verkuppeln? Mit wem denn, Frau Grabher?« Hauchdünn ist das Eis, auf dem sich Ibele an die Welt der alten Dame herantastet.

Sie schaut ihn lange an, winkt ihn mit dem gekrümmten Zeigefinger noch näher. Ibele steht neben ihrem Sessel, sein Ohr keine zehn Zentimeter von ihrem Gesicht entfernt. Frau Grabhers knochige Hand packt Ibele am Mantelkragen:

»Mit einem Jäger! Er hat ihn ein paar Mal mitgebracht. Ein Flegel, der mit seinem groben Schuhwerk das Parkett ruiniert. Eine Schande ist das! Zur Tür hinaus gejagt habe ich sie. Der August möchte schön schauen, wie es zugeht in seinem Haus.« Sie lässt den Inspektor so abrupt los, dass er beinahe vornüber fällt und zeigt auf eine mit Orangen und Kiwis gefüllte Obstschale am anderen Ende des Tisches. »Schälen Sie mir bitte eine Orange, Direktor, und dann«, sie sitzt jetzt kerzengerade und stampft mit dem rechten Fuß kräftig auf den Boden, »lassen Sie Viktor um halb fünf den Wagen bereitstellen. Wir fahren in die Fabrik hinunter. Überall musst Du selbst sein! Danke Direktor!«

Ibele tut, was von ihm verlangt wird, soweit es die Realität zulässt und sucht sobald wie möglich ohne große Umwege das Weite, stolpert aber zuerst noch beinahe über das Fräulein Elsa, das direkt hinter der Speisezimmertür Stellung bezogen hat. Die Neugier siegt in der Auseinandersetzung mit dem Standesbewusstsein. Er geht mit ihr in die Küche. Ja, erfährt er dort, der Baumeister war in den vergangenen Wochen zwei oder drei Mal mit einem Herrn da, und ja, der hat furchtbar grobes Schuhwerk getragen. Ein Indiz mehr. Was ist ein Indiz?

In Schnee und Nebel durchquert Ibele mit aufgestelltem Mantelkragen und tief in den Taschen vergrabenen Fäusten das wie ausgestorben daliegende Villenviertel und strebt, die kaum belebtere Innenstadt rasch hinter sich lassend, dem Bahnhof zu. Sehr unerquicklich ist das alles. Der Abstecher ins Kommando ist nur kurz, eher eine Formsache. Der General ist auswärts, auf einer festlichen Soirée der Landesregierung, die mit Pomp einen honorigen Beamten in den Ruhestand verabschiedet, einen der letzten Hofräte, dessen Verdienst wahrscheinlich überwiegend darin besteht, kontinuierlich und unauffällig von einer Dienst- und Gehaltsklasse in die nächsthöhere aufgestiegen zu sein, ohne jemals etwas anderes zu strapazieren als seine Ärmelschoner. Kollege Baldreich packt auch schon zusammen. Ihm bleibt eine kurze Verschnaufpause, dann wartet ein langer Journaldienst, ein Nachtdienst. Sollte Greber von sich hören lassen, ist er zur Stelle. Obwohl Ibele nicht mehr daran glaubt, dass von dem Beistrichkünstler je wieder viel zu erfahren sein wird.

Zuhause kein Rösle. Ibele bereitet sich ein leichtes Nachtmahl. Etwas Käse: vorzüglichen Camembert aus Schwarzenberg und Bachensteiner aus Sibratsgfäll, dazu ein beim Fontain in der Dornbirner Kirchengasse erstandenes Mostbröckle. Das bringt ihm den verewigten Bäcker noch einmal ganz nahe. Beim Fontain nämlich könnte der alte, besser: der ehemalige Feinspitz auch eingekauft haben. Versonnen zerpflückt Ibele ein weiteres Vochazer-Pärle und trinkt sein eisgekühltes Bier. Eine Viertelstunde lang hört er einer Volksmusiksendung zu, in der von einem Vater-Sohn-Duo Bregenzerwälder Volkslieder gesungenen werden, zu denen der Moderator mit einer ausnehmend gelungenen schriftdeutschen Textfassung aufwartet. Fast schon etwas, um sich heimisch zu fühlen. Später wechselt er ins Wohnzimmer und spielt auf einem elektronischen Schachbrett ein paar schnelle, erfolglose Partien.

Vom Kirchturm der Stadtpfarrkirche schlägt es halb elf, als Ibele die knarrende Treppe ins Schlafzimmer erklimmt. In der Hand ein schmales Büchlein, eine Einschlaflektüre, etwas, das ihn versöhnen soll mit der Welt, die ja doch *gemacht ist, um in ein gutes Buch zu münden,* wie es in dem kleinen, in dunkelblaues Leder gebundenen Werk heißt. Ein Buch das ihm erlaubt, in sich selbst zu lesen, das ihn anstiftet dazu und leitet und dann so sanft seine Hand loslässt, dass er, da er es merkt, schon längst seinen eigenen Spuren, seiner eigenen Intuition gefolgt ist. Die nächsten Schläge der Turmuhr mahnen den Schlaf ein. Nachdem Ibele eine Prise der frischen, scharfen, klirrenden Nachtluft ins Zimmer geholt hat, schläft er in einem dichten Gemisch aus Müdigkeit, Erinnerungen, Gedanken und Träumen bald ein.

Ganz anders steht es naturgemäß um Greber. Der sitzt noch in der denkbar ungemütlichen Klusberg-Falle. Stundenlang hat er am Nachmittag durchfroren, mit Hunger und Schlaf kämpfend, auf einem Hochstand verbracht. Statt prächtiger Hirsche beobachtet er doch nur die immer wieder aus dem Wald hervorkommenden und darin verschwindenden uniformierten Gestalten. Schließlich macht er sich den einzig richtigen Reim auf das Gesehene: Sie suchen *ihn*! Wozu sonst sollten Soldatentrupps mit dem Sturmgewehr im Anschlag, Gendarmen und andere Männer kreuz und quer durch diese gottverlassene Gegend pirschen? Ohne Worte oder auch nur ein Bewusstsein dafür zu finden, weiß er, dass sein Spiel aus ist. Er weiß nur noch nicht, wie es enden wird. Dass er das Ende aber nicht *denen* überlässt, das wird ihm von Stunde zu Stunde klarer. Er kann sich nicht freuen über den Schneefall, der ihn den Blicken der Jäger entzieht. Denn, diese Ahnung steigt dunkel und unwiderstehlich in ihm auf, der Schnee wird sein Schicksal endgültig besiegeln. Bis in den späten Nachmittag hinein verharrt Greber auf seinem Hochsitz. Dann sieht er die Mannschaften sich sammeln und abziehen. Nach einer weiteren Stunde wagt er sich herunter und bahnt sich mühsam einen Weg zu einer der verstreut auf den Lichtungen stehenden Hütten. Mit klammen Fingern verschafft er sich gewaltsam Zutritt durch eine nachlässig verschlossene Stalltür. Es ist drinnen noch kälter als draußen und das Licht der einzigen Kerze, die er sich vorerst anzuzünden getraut, wirft allerhand unheimliche Schatten an die grob gezimmerten Wände mit ihrem traditionellen Schmuck: ein von verdorrten Palmzweigen geschmücktes Kruzifiz, eingerahmt von einem Porträt der Heiligen Familie und einem röhrenden Hirsch am Bergsee. Greber verzieht kurz sein Gesicht zu einer hämischen Grimasse, die schnell wieder in den weinerlichen Ausdruck übergeht, der ihm seit Tagen eigen ist. Schließlich ein einfaches Bord mit ein paar schartigen Blaurandtellern, auf denen die Schatten unheimliche Tänze aufführen. Als es endgültig Nacht, tiefe, schwarze, lichtlose Nacht, geworden ist, macht Greber umständlich Feuer im kleinen, schlecht ziehenden Ofen. Bald schläft er auf dem zu kurzen Sofa ein. Die Einsicht, dass jetzt mehr zu Ende geht als nur ein Tag, nimmt er unwillig mit in seinen ruhelosen, von zerfahrenen Alpträumen durchkreuzten Schlaf. Nicht einmal der Wunsch, jetzt zuhause zu sein und friedlich zu schlafen wie alle anderen, kann sich in ihm festsetzen. Ist doch gerade dieser irgendwann aus dem Ruder gelaufene Wunsch der Grund dafür, dass er heute Abend hier in der Kälte und Einsamkeit sitzt. Der Wunsch, immer mehr zu haben und zu gelten. Es ist der letzte solche Abend, das weiß Greber; Erleichterung bringt ihm das nicht. Es mag, wie an anderer Stelle mit einigem Recht behauptet worden ist, Stunden geben, deren Bedeutung uns erst im nachhinein bewusst wird – und es dürften dies die besseren sein, die uns geschenkt sind. Greber wiederum erlebt soeben den gnadenlos bedrückenden umgekehrten Fall: Das Bewusstsein der kommenden Zeiten, die leer und verwüstet wie ein vernebelter Rausch über ihn kommen werden, drängt sich in diesen kurzen, von der Kälte grausam zerhackten Abendstunden zusammen. Grebers Zeit ist, wie man so sagt, abgelaufen, sie ist bis zur Unkenntlichkeit verstümmelt; und das heißt nichts anderes als: Er selbst, seine Seele ist es!

Denn siehe, der Tag kommt, brennend wie der Ofen;
und es werden alle Übermütigen
und wer nur Ungerechtigkeit übte zur Stoppel werden.
MALEACHI 4.1

Es reißet euch ein schrecklich Ende

Noch ist es stockdunkel, der Ofen ist kalt, die abends angezündete Kerze seit Stunden erloschen, als Bruno Greber frierend, mit schmerzendem Rücken aus dem Schlaf auffährt. Es ist halb fünf Uhr morgens. Stille und Kälte umgeben ihn. Die Dunkelheit ist ebenso zum Greifen wie die Einsamkeit. Mühsam setzt er sich auf, reibt sich den Schlaf aus den Augen. Beim Licht der Kerze isst er mechanisch ein paar Bissen von seinem kalten, unappetitlich gewordenen Proviant. Aus dem Rucksack holt er einen Bleistiftstummel und einen Schreibblock. Er reißt ein Blatt ab und kritzelt ein paar Zeilen darauf. Nachdem er das Geschriebene durchgelesen hat, wirft er den Bleistift zornig in einen Winkel der Stube und kramt im Rucksack herum. In das blaue Amtskuvert, das er herausfischt, steckt er das zerknitterte Blatt und klebt es zu, stopft es zurück zwischen Brotreste, fettiges Papier, zerknüllte Zeitungen. Hinein in die eiskalten Schuhe, in den da und dort von einer Eiskruste verklebten Mantel. Mit ein paar Schlucken Schnaps versucht er die Kälte zu vertreiben. Es nützt nichts. Alles nützt nichts. Jetzt nützt alles nichts. Nichts mehr. Er packt seinen Rucksack fertig, ja, das blaue Kuvert ist auch da. Es liegt bei all dem Zeug, das jetzt nichts mehr nützt. Greber sitzt am Tisch, bettet den Kopf auf die verschränkten Arme und schließt die Augen. Es ist still, dunkel und still. Totenstill. Kurz muss er eingenickt sein, oder doch länger? Ein paar Minuten nach sechs Uhr, das ist seine normale Auf-

stehzeit: gewesen, räsonniert Greber benebelt und ohne wirklich zu wissen, was es bedeutet.
Ein paar Minuten nach sechs verlässt er die Hütte. Tief drunten im Dorf brennt Licht in den Ställen, funzeliges, trübes Licht, das es kaum durch das Schneetreiben bis hier herauf schafft. Dort hinunter, zu den Lichtern zieht es Greber. Doch nicht der Lichter wegen. Wohin genau, weiß er nicht; aber was er will, was er muss, das spürt er. Meterhoch liegt der Schnee. Keine Menschenseele begegnet ihm, nur die Wildspuren häufen sich, je näher er den Wiesen unten im Talgrund kommt. Eine Stunde ist um, der Waldrand erreicht. Die paar Höfe, die hier stehen, sind um diese Jahreszeit unbewohnt. Da wird ihn niemand bemerken. Die Straße, auf der bereits starker Pendlerverkehr eingesetzt hat, ist zu weit entfernt, als dass ihn jemand erkennen könnte. Dazwischen liegen nur Felder, der Fluss und die alte Schmalspurbahn mit ihrer tief verschneiten Trasse, keine dreißig Meter vom Waldrand entfernt. Heute ist Samstag. Die kleine dampfbetriebene Museumsbahn wird am späteren Vormittag eine Betriebsfahrt unternehmen, zur Räumung der Strecke. Nachmittags steht ein romantischer Ausflug für Bezauer Hotelgäste auf dem Programm. Greber kennt die Gepflogenheiten. Unter einer riesigen Tanne findet er ein Stück halbwegs schneefreien Waldboden. Aus ein paar Ästen macht er sich ein Lager zurecht und wartet. Auch wenn er nicht weiß, wohin es führen wird, er weiß jetzt, was er zu tun hat. Er nimmt den kleinen Klappspaten aus seinem Rucksack, schraubt ihn auf und legt ihn bereit. Von Zeit zu Zeit greift er zu seinem Gewehr, nimmt eines der vorüberfahrenden Autos ins Visier, folgt ihm eine kurze Strecke und legt das Gewehr wieder neben sich. Es ist hell. Es schneit. Greber wartet.

In der Mitte des Vormittags reißt ihn ein bekanntes Geräusch aus dem Halbschlaf. Langsam schiebt es sich näher, von Osten, von Bezau her. Die Bahn. Eine kleine Rauchfahne steht aufrecht in der kalten Luft, dann kommt die

Lokomotive ins Blickfeld, eine Diesellok mit vorgespanntem Schneepflug, zwei grüne Waggons mit zugezogenen Vorhängen an den kleinen Fenstern. Das Räumkommando. Greber schüttelt sich den Schnee von den Kleidern und greift zur Jagdflinte. Er zielt mit steinerner Miene auf den Führerstand der Lok, durch die beschlagenen Gläser des Zielfernrohrs sieht er schemenhaft den Lokführer und eine Weile folgt der Lauf dem sich mühsam durch den Schnee kämpfenden Züglein. Schließlich lässt Greber mit einem zur Maske erfrierenden Lachen das Gewehr sinken, legt es ins verfaulende Laub. Der Schnee schluckt den Lärm der Lok. Fast lautlos tuckert der Geisterzug nach links aus Grebers Blickfeld. Er wird in spätestens einer Stunde wieder zurück sein, wenn er im nahen Bersbuch umgedreht und sich die Mannschaft im dortigen Gasthaus aufgewärmt hat. Greber hängt sich den Rucksack um und schultert den Spaten. Gut einen Meter hoch liegt der Schnee, an manchen Stellen deutlich mehr. Mit kräftigen, entschlossenen Schritten bringt Greber den kurzen Weg zur Bahntrasse hinter sich. Dort wirft er den Rucksack achtlos auf die Schienen, die vom Pflug notdürftig freigelegt worden sind. Mit regelmäßigen Bewegungen beginnt er den zusammengepressten Schnee neben dem Gleis wegzuschaufeln. Das langsame Ertauben seiner Hände, das Verschwinden praktisch jeden Gefühls hat am allerwenigsten mit der Kälte zu tun. Es kommt nicht von außen, es kommt von innen. Greber nimmt es ebenso wenig zur Kenntnis wie den weiterhin dicht fallenden Schnee. Sein Bewusstsein schmilzt zusammen wie die Schneeflocken auf der schweißüberströmten Stirn. Er schaufelt schneller und schneller, als ginge es um seine Existenz. Aber Bruno Greber schaufelt sein Grab.

... und jeder Mantel, durch Blut geschleift,
wird verbrannt und vom Feuer verzehrt.
JESAJA 9,4

Es muss das Licht im schwarzen Mantel büßen

Ibele erwacht früh, aber nicht, wie man glauben könnte, vom Lärm des über die Straße schrammenden Schneepflugs. Es ist halb sieben Uhr morgens, klar und deutlich sind die Glockenschläge von der Pfarrkirche herüber zu vernehmen. Fast noch mehr als das Klingeln des Telefons kann dich nämlich ein ausbleibender Anruf um den Schlaf bringen. Die Stille ist es, die Ibele den Schlaf raubt. Denn etwas in Ibele wartet, wartet auf die Nachricht, die ihm sagt, wo dieser verfluchte Greber steckt. Dieser Greber, wegen dem zumindest ein Unschuldiger sterben musste. Ein Unschuldiger: Das ist in Ibeles Weltbild weit mehr als jemand, der keine Straftat begangen hat oder dem kein Verbrechen nachgewiesen werden kann. Der tiefere Grund für Ibeles unruhigen Schlaf ist nicht Greber, es ist Bäcker; es ist nicht der Schuldige, es ist der Unschuldige. Der Unschuldige, das heißt auch: Die Kreatur, das Geschöpf, der Mensch.

Ibele will, dass Bäcker Gerechtigkeit widerfährt. Dafür, und nur dafür, kämpft er. Denn Bäckers Tod, sein Ende auf dem Funkenmast oder in einer bitterkalten Winternacht, das spürt der Inspektor, dieses Ende wird ihm nicht gerecht, das hat der Mann nicht verdient. Nicht einmal Häfeles schauriges Ende mag Ibele ungesühnt stehen lassen, bei aller Zwiespältigkeit, ja Verdorbenheit im Charakter des Baumeisters, bei aller Kaltblütigkeit, mit der er sich in seinem Ehesumpf arrangiert hat.

Rösles Betthälfte ist leer. Ach ja: Paris! Unverzüglich steht Ibele auf. Noch bevor er die dicken Vorhänge zurückzieht und ein Fenster öffnet, weiß Isidor, was für ein Wetter ihn erwartet. Die typischen Geräusche und ihr verhaltener Klang sagen es ihm. Es schneit immer noch, tief hängen die Wolken über den Pfänder herunter. Er schlüpft in einen Morgenmantel und folgt dem Kaffeeduft hinunter in die Küche. Dass da dann doch kein Kaffee auf dem Tisch steht, verblüfft ihn. So stark kann eine Gewohnheit sein, dass sie dir Gerüche suggeriert, wo keine sind! Fantastisch!

Der frische Schnee dämpft alle Geräusche. Die Stille rückt die Welt noch ein Stück weiter fort. Ibele sitzt nachdenklich am Küchentisch. Schließlich trinkt er den letzten Schluck Kaffee, räumt säuberlich den Tisch ab und stellt die alte Picobello-Ordnung in der Küche her. Dann holt er Schuhe, Mantel und Schirm und macht sich auf den Weg. Das nun menschenleere, röslelose Haus ist so beruhigend wie unheimlich.

Im Kommando herrscht noch kaum Betrieb, eine gute halbe Stunde bleibt Ibele für sich selbst, für seine Gedanken und auch Spintisierereien, für seine Philosophie. Nur Baldreich sitzt an seinem Schreibtisch, einen Stapel leuchtend roter Skripten vor sich, seine Begleiter durch den Nachtdienst. Nein, rein gar nichts Neues gibt es von der Suche nach Greber.

Der Schneefall und die Nebelsuppe haben die Bundesheerler zur Untätigkeit verdammt. Sobald es halbwegs hell ist, werden sie wieder ausschwärmen, vom Klusberg aus in alle Richtungen. »Nach dem Wochenende!«, wie Baldreich achselzuckend hinzufügt. Wirklich viel darf man sich von den großteils unerfahrenen Burschen natürlich eh nicht erwarten. Es ist eben doch etwas anderes, ob man übungshalber Pappkameraden mit harmlosen Platzpatronen vor den Latz knallt oder einem offenbar zu allem entschlossenen Gewalttäter hinterher jagt. Und das auf Skiern und in waldigem Gelände! Außerdem verwischt der Neuschnee nach und nach alle Spuren. So ist es kaum möglich, wenigstens eine halbwegs konkrete Richtung für die Suche anzugeben.

»Wenn man nur genauer wüsste, was dieser Greber für ein Typ ist«, denkt Ibele laut in Richtung seines Kollegen Baldreich, »ist er völlig verrückt, das heißt ein Fall für den Hallmüller, oder hat er noch einen Funken Realitätsbezug? Vielleicht sogar ein Gewissen! Wenn er verrückt ist, finden wir ihn nie, höchstens irgendwann im Frühling, wenn's ihn in den Bergen ausapert oder die Ach ihn in den See spült. Im besseren Fall, für uns besser, treibt es ihn ins Tal, zu den Menschen.«

»Der Greber ist doch Gerichtsbeamter, oder? Wenn du mich fragst, Inspektor, ist das nicht unbedingt einer, der dem Wetter und der Einsamkeit in den Bergen lange standhält. Das ist einer, der Menschen um sich braucht, einer, der gesehen werden und sich wichtig machen will. Davon lebt er, vom Gesehenwerden.«

»Was heißt das für uns? Wo finden wir ihn?« Ibele mag Baldreichs klugen Argumenten gerne folgen und er lässt sich willig von ihm helfen, die richtigen Schlüsse daraus zu ziehen.

»Es ist wahrscheinlich noch zu früh, um ihn an den Schauplätzen seiner Untaten zu suchen. Also nicht im Gütle oder im Karrengebiet und auch nicht in der Stadt. Aber in einer Gegend, die ihm bekannt ist. Nach Hause wird er sich auch nicht trauen. Am ehesten vielleicht dazwischen: Zwischen Bezau und Dornbirn.«

»Auf seinem Arbeitsweg?«

»Ja, Inspektor, auf seinem Arbeitsweg. Dort ist er ungezählte Male gefahren, er kennt jeden Winkel. Dort hat er auf der Fahrt nach Hause oder ins Amt alle möglichen Stimmungen durchgemacht. Dort ist meiner Ansicht nach die wahre Stätte, die Wiege seiner Taten. Und dort werden wir ihn finden. Nicht direkt am Weg natürlich, aber irgendwo in der Nähe!«

Mit den letzten Worten Baldreichs steht wie aus dem Nichts aufgetaucht der General vor Ibele. Der General in Winteradjustierung. Welcher Bekleidungsvorschrift seine mehr als verwegene Pelzmütze mit buschigem Fuchsschwanz entspricht, dürfte fast so schwer herauszufinden sein wie Grebers Aufenthalt, denkt der Inspektor. Die Absicht hinter der Aufmachung des Generals offenbart sich leider ganz geschwind.

»Richtig, meine Herren, wir werden ihn finden! Machen wir uns auf den Weg! Der Wagen wartet!«

Jetzt hilft Ibele nichts mehr. Er muss mit. Baldreichs überzeugender Theorie folgend lotst er den General in Richtung Bregenzerwald, Bezau zu. Dass der Schneefall kein schnelles Vorankommen erlaubt, kommt Ibele mehr als gelegen. Er solle ihm einmal diesen Klusberg zeigen, fordert der General ungeduldig. Am liebsten würde Ibele mit ihm hinaufsteigen durch den metertiefen Schnee, um dem hohen Herrn zu demonstrieren, dass ihre Arbeit nicht darin besteht, Uniformen spazieren zu führen! Vorläufig begnügt er sich damit, ihm die kleine Vorsäßsiedlung aus der Ferne, von der Straße aus, vor Augen zu bringen. Dazu fährt er auf den Parkplatz vor einer imposanten neuen Kleiderbügelfabrik. Schnee und Nebel zum Trotz zieht der General einen beeindruckenden Feldstecher aus dem Handschuhfach seines Wagens und nimmt ins Visier, was ins Visier zu nehmen ist. Viel ist es nicht in Anbetracht von Schnee und Gewölk. Ibele konzentriert sich, Baldreichs Theorie folgend, auf den gegenüberliegenden Waldrand. Nichts rührt sich. Schon verflucht er sich dafür, dem Chef so einfach gefolgt zu sein. Umso mehr, als jeden Moment mit dem Auftauchen von Presseleuten zu rechnen ist. Man kann nie wissen beim General. Was nichts anderes heißt als: Man muss immer fürchten. Da wird der Inspektor unsanft aus seinen Überlegungen gerissen.

»Was ist denn da drüben für ein Funken?«, fragt der General, mit dem Fernglas in der ausgestreckten Hand auf einen Punkt unterhalb der Straße zeigend. Ibele, der noch immer leicht allergisch auf das Wort Funken reagiert, wundert sich über den Rauch, der wenige Dutzend Meter von ihrem Beobachtungsposten entfernt aufsteigt. Auf der verschneiten Straße bildet sich rasch eine kleine Kolonne stehender Fahrzeuge, darunter ein großer Schneepflug und ein zufällig des Weges gekommener Rettungswagen. Dabei ist es nach wie vor gespenstisch still. Zwischen der Straße und irgendetwas da unten rennen ein paar Menschen hin und her. Einzelne Rufe hallen von den schroffen Felswänden hinter der Fabrik wider. Die Museumsbahn! fährt es Ibele durch den Kopf. Was da so raucht, kann nur die Museumsbahn sein, die zwischen Bezau und dem gleich nebenan liegenden Bahnhof Bersbuch verkehrt. Da gibt es auch um diese Jahreszeit immer wieder Sonderzüge für besonders romantische Betriebsausflüge oder Feinschmeckerfahrten und Ähnliches, auch Sonderzüge mit Dampflokomotiven. Eine davon steckt wahrscheinlich da unten im Schnee. Es könnte auch eine der alten Dieselloks sein. Kein Grund zur Aufregung. Den General allerdings macht's doch recht zappelig.

»Willst nicht nachschauen gehen, Ibele, was da los ist?« Dem so Angesprochenen liegt wenig an voyeuristischen Abstechern durch den Schnee. Bis aus Richtung Egg ein Einsatzwagen der Polizei mit Getön und Blaulicht heranbraust. Jetzt kostet es dafür umso mehr Mühe, unter dem eher fadenscheinigen Vorwand der Kälte und des Schneefalls den Herrn General in sein eigenes Auto zu bugsieren und ihn daran zu hindern, querfeldein an den Ort des Geschehens zu eilen. Ein warnender Hinweis auf seinen Rang führt schließlich zum Erfolg. Ibele selbst bleibt der Weg nicht mehr erspart. Mittlerweile lässt auch der Rettungswagen sein Blaulicht aufleuchten und die beiden Sanitäter spurten wahrlich Hals über Kopf in Richtung Rauchsäule.

In Ibele verdichtet sich eine vage Theorie zu einem bösen Gedanken, zu einem mulmigen Gefühl in der Magengegend. Wenn das nichts mit dem Greber zu tun hat! durchzuckt es ihn. Aber was? Nur weil er beim Schwarzfahren erwischt worden ist, braucht es diesen Auflauf sicher nicht! Schon sieht Ibele am Fuß einer sanften Geländekuppe den Zug. Die kleine Garnitur, eine Lokomotive mit vorgespanntem Schneepflug und zwei Waggons, steht in Richtung Bezau. Rund um den vorderen Zugteil macht sich ein Grüppchen aufgeregter Menschen zu schaffen, man ruft sich Kommandos zu, schaufelt Schnee zur Seite, läuft hin und her. Etwas scheint unter dem Zug begraben zu sein.

Ibele geht auf einen der uniformierten Polizisten zu, der ihn gleich erkennt und sichtlich erleichtert ist über das unvermutete Erscheinen des Kriminalisten.

»Es ist einer überfahren worden von der Bahn, Inspektor!«

Überfahren worden von der Bahn! Überfahren von *der* Bahn! In dieser gottverlassenen Einöde! Bei *dem* Wetter! Wie kann *diese* Bahn überhaupt jemanden überfahren? Die fährt ja schon im Sommer kaum mehr als Schritttempo! »Blumenpflücken während der Fahrt verboten!«, hat es früher auf eigens in den Waggons angebrachten Täfelchen geheißen! Und erst recht bei dem Schnee! Auch wenn die Sicht gleich null ist heute, die Geschwindigkeit war sicher auch nicht viel höher! Wie kann da jemand überfahren werden? Jemand, der das nicht will! Ibeles schwant Arges.

»Wo ist denn der Lokführer?«, fragt sich Ibele durch die von seinen Kollegen etwas vorsortierte Menschenmenge. Eine ruß- und ölverschmierte, stämmige, dick vermummte Gestalt tritt vor ihn hin.

»Ich bin der Lokomotivführer, Herr Inspektor.« Ibele drückt die ihm entgegengestreckte schwarzglänzende Hand und dann setzen sie sich in einen der leeren, weinrot und plüschig dekorierten eiskalten Waggons.

Das folgende Gespräch fördert beinahe Unglaubliches an das trübe Licht dieses Tages. Vor allem, was den Hergang des haarsträubenden Unfalls betrifft. Dass der nach längerer Suche im tiefen Schnee gefundene, zu dem von der Lokomotive arg zerschundenen Körper gehörende Kopf, der des gesuchten Greber ist, wie etliche der Umstehenden bestätigen, das ist für Ibele nicht mehr wirklich neu. Was ihn schon eher überrascht, sind die von Grauen und Entsetzen gezeichneten Gesichter dieser Typen, die es doch sonst nicht versäumen, bei jeder Gelegenheit den wilden Hund zu spielen! Bevor der Lokführer seine Erzählung beginnt, schält er umständlich ein kleines Fläschchen aus einer weit innen liegenden Jackentasche und nimmt einen langen Schluck.

»Willst du auch einen Schluck?«, wendet er sich an den Inspektor.

»Wollen schon, dürfen nein, danke, Dienst ist Dienst. Aber sag, ist dir der Greber wirklich vor den Zug gesprungen?«

»Gesprungen? Gesprungen kann er nicht sein. Dafür bin ich wirklich zu langsam unterwegs heute. Wir sollen ja die Strecke freiräumen für die Ausflugsfahrt am Nachmittag. Die *Gams* veranstaltet ihre wöchentliche Romantik-Kuschelfahrt für die Verliebten. Er muss sich schon eher in den Schnee eingegraben haben neben dem Gleis, während wir am Bahnhof Bersbuch umgedreht haben. Bei der Hinfahrt ist er mir aufgefallen am Waldrand oben, vielleicht dreißig Meter neben den Schienen, da hat er mit seinem Gewehr herumgefuchtelt. Ich habe ihn für einen übergeschnappten Jäger gehalten. Dann hat er gut eine Dreiviertelstunde Zeit gehabt, bis wir wieder zurückgefahren sind. Man sieht sowieso nicht viel heute und der Schneepflug vor der Lok nimmt noch einmal einen guten Teil der Sicht. Plötzlich hat es einen Rumpler getan, als wär ein Stück Holz auf dem Gleis gelegen oder ein Eisbrocken. Ich muss ihm mit dem Pflug den Kopf abgerissen haben. So ein Idiot, ein hirnverbrannter! Wer hat denn jetzt etwas davon! Hätt' er sich doch erschossen mit seiner verfluchten Flinte!« Auch wenn seine Gedanken in eine ähnliche Richtung gehen, das so deutlich zu sagen, hätte sich Inspektor Ibele nicht erlaubt.

Inzwischen fährt oben an der Straße ein Leichenwagen vor, beobachtet Ibele durch die beschlagene, halb verschneite Scheibe. Es ist ein dunkelblauer VW-Transporter und kaum als Leichenwagen zu erkennen. Sehr zurückhaltend wird da mit dem Tod umgegangen. Nichts im Vergleich zu den großen Limousinen, meist spezielle Mercedes-Modelle oder amerikanische Schlitten, die Ibele aus seiner Schulzeit kennt, deren dunkle Fenster mit schwarzen Vorhängen drapiert und mit religiösen Motiven, ins Glas eingearbeiteten Palmzweigen oder Kreuzen, verziert waren. Das sind allemal ehrfurchtgebietende, vornehme Karossen gewesen, vor denen noch mancher Erwachsene seinen Hut gezogen hat und in denen einst Fahrgast zu sein sogar in den Schulbuben ein gewisses Gefühl der Erhabenheit aufkommen ließ. Nun, die Hüte sind genauso verschwunden wie die Limousinen.

Den General hält nichts mehr und trotzig wie ein beleidigter Kindergärtler stapft er Ibele nach. Allerdings stößt sein energisches Einschreiten bei der Zugmannschaft auf wenig Verständnis. Man braucht hier weder Zaungäste noch Besserwisser

»Was will denn der Trapper-Joe hier?« »Mach dich nicht so wichtig, sonst zappelst du selbst in der Falle, Alter!« »Nimm dich in Acht, Cowboy!«, solche und ähnliche Kommentare machen den General erst einmal sprachlos. Bis einer der Polizisten in ihm nicht ohne Schadenfreude seinen obersten Boss erkennt und ihn zu Ibele in den Waggon begleitet.

Jemand legt einen steifgefrorenen Rucksack vor den Inspektor auf den schmalen Tisch.

»Den haben wir neben dem Gleis im Schnee gefunden.« Außer einem Stück Käse, einem Paar in Zeitungspapier gewickelter verrunzelter Würstchen, einem Ranken altem Brot, einer leeren, nach Schnaps riechenden Feldflasche und einem Taschenmesser zieht Ibele ein geschlossenes Kuvert mit der krakeligen Aufschrift »Für wenn, ich tot bin« aus dem Rucksackrest. Da ist sie, die unverkennbar Grebersche Beistrichsetzung! Der Inspektor nimmt das Kuvert an sich, steckt es wortlos ein. Nein, der General muss das jetzt noch nicht sehen, das ist im Kommando früh genug. Von der Presse will Ibele nämlich im Augenblick nichts hören. Genau ihr aber gälte sicher des Generals erster – oder einziger? – Gedanke. Es ist ein blaues Kuvert, wie jenes, in dem Bäckers im Kirchengassen-Holzstoß gefundenes Testament steckte. Wenn ihn sein Instinkt nicht trügt, wird ihm dieses Schreiben eine Menge Arbeit abnehmen und gleichzeitig ebenso viele Fragen aufwerfen, die ihn noch lange über den Fall hinaus beschäftigen sollten.

Einem Teil der Gedanken, die zu diesen Fragen gehören, kann Ibele auf der Fahrt zurück nach Bregenz an der Seite des unablässig plappernden Generals nachgehen. Für den General seinerseits präsentiert sich die ganze Angelegenheit, wie zu erwarten war, aus einer wesentlich anderen Perspektive als für den philosophierenden Inspektor. Der General hat alle psycho-soziale Naivität abgelegt, und das meint nicht weniger als: Er hat den Glauben an jedwede Instanz aufgegeben, die nicht auf dem Dienstweg oder in Zeitungsredaktionen erreichbar ist und hat sich auf eine rein praktische Position, auf einen protokollarisch und medial dokumentierbaren Pragmatismus zurückgezogen. Für ihn reduziert sich die Welt auf das, was amtlich erwiesen der Fall ist. Das Geheimnisvolle, das Mystische, das nur Spürbare, aber nicht zu Benennende oder zu Begreifende dahinter fällt entweder einer gründlichen Verdrängung oder gleich einer zynischen Elimination, sozusagen einer dienstrechtlichen Exekution zum Opfer. Der General ist eine wandelnde Sachverhaltsdarstellung, eine lebende, uniformierte Zeitungsnotiz. Ibele wirft ihm von Zeit zu Zeit einen fassungslosen Seitenblick zu. Offenbar ist der General Seitenblicke gewohnt. Er nimmt sie ungerührt zur Kenntnis.

Im Kommando trifft Ibele auf ein sich angeregt unterhaltendes Paar: Inspektor Baldreich und Toni Hagen erörtern nicht so sehr die kriminalistischen als vielmehr die moralischen, um nicht zu sagen die ästhetischen, Dimensionen von Grebers Tod. Ibele hängt den nassen Mantel nah an den Heizkörper und stellt die vom Schnee völlig versauten Schuhe, die er sorgsam mit Zeitungspapier ausstopft, daneben. Dann setzt er sich an seinen Schreibtisch und holt Grebers Brief aus der Sakkotasche. Er öffnet ihn mit seinem Brieföffner, einem Miniaturdegen. Dem feucht gewordenen blauen Kuvert entnimmt er ein nachlässig gefaltetes Blatt Papier mit dem Briefkopf des Bezirksgerichtes Dornbirn. Mit zunehmender Beklemmung liest Ibele die in krakeliger und überall verrutschter und verschmierter Schrift verfassten Zeilen. Dass es sich um eine wahre Orgie falsch gesetzter Beistriche handelt, spielt jetzt keine Rolle mehr.

»An alle! Ich mache Schluss mit allem da, es nicht mehr geht. Ich habe die Testamente nicht allein gefälscht. In meinem Schreibtisch ist die Liste. Jetzt will keiner mehr etwas, damit zu tun haben. Den Häfele habe ich umgebracht. Er hat den Bäcker beseitigt. Weil, solange der gelebt hat ist dem sein Testament, nicht zu holen gewesen. Häfele wollte, aber mehr als ausgemacht. Er hat mir gedroht alles auffliegen zu lassen. Jetzt ist Schluss. Ich hätte es mir sparen können. Alles, ein Blödsinn.«

Ibele faltet das mit »Dornbirn, 19. März 2011« datierte Blatt wieder zusammen und legt es samt dem Kuvert vor sich auf den leeren Schreibtisch. Dass sich Häfele, wenn überhaupt, dann nicht mit einer Kette erhängt hätte, war für den Inspektor klar. Fast so klar wie die Motivation seines Mörders. Dieses unselige Gemisch aus Feigheit, Angst, Gier und nackter Aggression, zu dem ein aller Poesie, Kultur und Demut bares Leben, wie es das des Greber gewesen zu sein scheint, allzu rasch verkommt. Die Testamentsaffäre aufzuklären und den tiefen Morast aus Lüge und Streit trockenzulegen, ist Sache der Staatsanwälte und der hohen Gerichtsbarkeit. Mögen sie das ihre tun, bevor es zu spät ist! Für Ibele ist die Akte Bäcker mit dem geklärten Tod des Funkenmeisters und der schriftlichen Aussage Grebers, die genau mit den Indizien übereinstimmt und allem Anschein nach echt ist, aus polizeilicher Sicht abgeschlossen.

Das Samstagmittagsgeheul der Sirenen begleitet ihn auf dem Weg nach Hause. Es hat aufgehört zu schneien, die Kälte ist geblieben. Vor Ibele liegt ein langes Strohwitwer-Wochenende. Es kommt ihm gerade recht, dass die Meteorologen für die nächsten Tage keine Änderung des grauen Winterwetters in Aussicht stellen. Erst das Rösle wird wieder ein Atlantik-Hoch und vielleicht eine erste Ahnung von Frühling aus Frankreich mitbringen. Ebenso willkommen ist Ibele das Bach-Konzert, das ein Großcousin heute Abend mit seinem nach einem berühmten Dirigenten benannten Orchester in der evangelischen Kirche der Stadt zur Aufführung bringen wird. Was ist besser geeignet als Johann Sebastian Bachs Partiten und vor allem seine späten Konzerte, um Ibeles heutigen Verdruss aufzufangen und wundersam weich zu betten! Diese Stimmung, in der sich tiefe Zweifel, ja Abscheu vor den menschlichen Schattenseiten mit einer nicht weniger gründlichen Liebe zu den Menschen verbündet. Was ist besser geeignet als die Bachsche Musik in einer so unprätentiösen wie meisterhaften Interpretation! Denn ohne Musik wäre das Leben erst recht ein Irrtum, wie Ibele längst erfahren hat; und das nicht nur aus klugen Büchern!

Das Feuer strahlt im Paradies. Es brennt in der Hölle.
Es ist Süße und Qual. Es gehört in die Küche und zur Apokalypse.
GASTON BACHELARD

Feux rouges – Schlusslichter

Der Anrufbeantworter bringt Ibele in den Genuss eines begeistert sprudelnden Rosalia-Kurzbulletins aus Paris, wo alles wundervoll, traumhaft, aufregend und manches sündteuer ist. Rösles quirlige Stimme unterstreicht zwar ihre physische Abwesenheit, holt dafür andererseits Isidors unsterbliche Verliebtheit so richtig in sein von der Dramatik der vergangenen Tage geschärftes Denken.

Im Küchenherd, einem teuren Retromodell, in dem sowohl mit Holz geheizt als auch mit Gas gekocht werden kann, ist alles vorbereitet für ein schönes Feuerchen. Ibele entzündet es, dann setzt er sich an den großen Esstisch. Dort widmet er sich einer Tasse starkem Kaffee und einem Gläschen Holunderschnaps, einer alten Reserve aus Schwiegervaters Keller für besondere Momente. Das ist praktisch der letzte dienstliche Akt zur Bäcker-Geschichte. Der untergegangene Playboy ist es auch, dem Ibele in absentum ein lautes *Santé* zuprostet. Er meint es ernst. Rhythmisch schwingt das Pendel der Küchenuhr hin und her und begleitet Ibeles Gedanken mit seiner Melodie. Sonst ist nichts zu hören im Haus, bis auf das Knacken und Prasseln des Herdfeuers. Wenn die Feuerbestie erst einmal gezähmt ist, kann man ja einigermaßen auskommen mit ihr. Doch gib Acht allezeit: Bestie bleibt Bestie.

Nach einer Weile schlägt Ibele das auf dem Tisch liegende Kochbuch auf: »Die echte französische Küche«. In verschnörkelter Schönschrift entsteht eine langsam länger werdende Einkaufsliste. Der furchtbare Greber hat ihn lange genug schmoren lassen. Jetzt, das heißt morgen, ist ein Burgunderbraten dran mit Schmoren. Dazu eine Soupe à la reine, außerdem wird sich Ibele an einer Tarte tatin versuchen, die Äpfel dazu lagern im Keller. Das Rösle kommt zwar erst übermorgen zurück, aber dafür sind nach überstandener Läuseplage am Sonntag die Kinder und Enkel zu Gast. Frankreich, sein Frankreich, holt sich Isidor heute Abend schon ins Haus: mit einem der ganz alten Belmondo-Streifen!

Als Ibele eine gute Stunde später das Haus verlässt und in den kalten, ganz zart ins Frühlingshelle verweisenden Nachmittag hinaustritt, um drunten in der Stadt seine Einkäufe zu erledigen, holt er den heutigen *Vorarlbergboten* aus dem Briefkasten und lässt ihn in den nächstbesten Altpapiercontainer plumpsen. Jetzt zählt anderes! Auf dem Display seines Mobiltelefons erscheint eine Nachricht. Frau Häfele bittet um Rückruf.

Frau Häfele! Bei aller Eindrücklichkeit ihrer Person und Erscheinung, die zu leugnen Ibele der letzte ist: Er hat nicht das Gefühl, dass hier etwas eilen könnte. Dafür muss es am Montag früh genug sein, am Montag, wenn er wieder im Kommando sitzt.

Beim Spaziergang durch die weißen Straßen und im Anblick der samstäglich entspannten Gesichter um ihn herum, vor allem jedoch angesichts des Schicksals der drei zu Tode Gekommenen empfindet er nach den aufwühlenden Tagen umso intensiver das Privilegierte seiner eigenen Existenz; zumindest aber die Annehmlichkeit und den Luxus seiner pelzgefütterten Stiefel.

Wieder einmal, denkt er im Hinblick auf Häfeles und Grebers unrühmliches Ende, dem nicht einmal besonderer Glanz vorhergegangen war, wieder einmal hat es sich nicht gerechnet, das Unrecht. Es gibt eben, sagt sich Ibele, und das hat nichts mit seinem Beruf oder gar mit einer wie auch immer gearteten Klein- und Spießbürgerlichkeit zu tun, es gibt eben kein richtiges Leben im falschen Tun. Denn noch im weichsten Wiesengrund wachsen a) Dornen und b) Unkraut. Heilandderwelt, wie recht er doch hat, der Ibele! Schluss. Aus. Fertig. Amen.